[illegible]ール

葉月奏太

竹書房文庫

目次

この作品は竹書房文庫のために
書き下ろされたものです。

※本作品はフィクションです。
作品内に登場する人名、地名、
団体名等は実在のものとは関係
ありません。

第一章　ふしだらなダンス

1

　グラウンドから女性たちの溌剌《はつらつ》としたかけ声が聞こえている。大音量で流れているのはノリのいい軽快な音楽だ。

　ここはプロ野球球団・新潟スターズの本拠地、新潟スタジアムである。

　今、グラウンドではチアリーディングチームの「スターズガール」が練習を行っているところだ。

　スターズガールは新潟スターズのホームゲームの際、グラウンド整備の合間などにダンスパフォーマンスを披露している。新潟スターズを応援するとともに、球場全体を盛りあげるのが彼女たちの役割だ。

　沢野拓己《さわのたくみ》は額に汗を浮かべながらグラウンドに向かっていた。

球団事務所を出て、長い廊下を早足で歩いているところだ。濃紺のスーツに身を包み、右手には黒いバッグをぶらさげている。バッグに入っているのは球団から支給されたビデオカメラだ。

ただでさえ突然の異動でバタバタしていたのに、慣れないビデオカメラの扱いを覚えるのは大変だった。動画の撮影だけではなく、編集もしなければならない。昨夜も遅くまで作業をしていたので、今朝はつい寝過ごしてしまった。

拓己は入社二年目の二十三歳だ。昨年、プロ野球球団・新潟スターズの球団職員になり、広報部に配属された。

チームの魅力をアピールしていくのが広報の仕事だ。

当初は事務職を担当しており、新潟スタジアムのなかにある球団事務所で、パソコンに向かう毎日だった。各種の統計を取ったり、資料や書類の作成がメインで、外に出ることはほとんどなかった。

直接、選手やスターズガールのメンバーと接することもなく、代わり映えのしないデスクワークの日々を送っていた。正直、やりがいは感じていなかったが、人見知りの自分には合っているかもしれないと思っていた。

ところが、二年目に入って、異動になった。それも五月という中途半端な時期に辞令が出た。動画配信の担当者が急病で入院することになり、急遽、同じ広報部のなかから拓己がまわされたのだ。

ようやく仕事に慣れてきたと思っていた矢先の異動だ。しかも、インターネットの球団公式チャンネルで流す動画を撮影するという、これまでとはまったく異なる仕事内容だ。

動画撮影の部署には数名が所属しており、拓己が担当することになったのはスターズガールの撮影だった。

ビデオカメラに触るのもはじめてなのに、ひとりで撮影と編集をしなければならない。動画の出来によって、再生回数が大きく変わってくるため責任は大きい。今シーズンに入って、スターズガールの人気が沸騰しているため、なおさら荷が重いと感じてしまう。

(どうして、俺がこんなことを……)

胸のうちで愚痴《ぐち》りながら歩調を速める。

そもそも野球にそれほど興味がなかった。拓己は大学の理工学部出身で、新潟スターズの親会社がIT系の企業だったため、入社試験を受けたのだ。これまで学んできたことを生かせるシステムエンジニアを希望していた。

採用が決まって安堵していたのだが、いざ配属されたのはプロ野球球団を運営している関連会社だった。

ＩＴ企業に就職したのに、まさか球団職員になるとは思いもしなかった。それでも最初は事務職だったので、なんとか我慢できた。パソコンに触れられる部署だったことが、せめてもの救いだった。

（でも、動画の撮影って……）

突然の異動で心が挫《くじ》けそうになっていた。

この仕事は自分に向いていない。もっと自分に合っている仕事があるはずだ。そう思うと我慢できなくなり、転職を本気で考えはじめている。しかし、次の仕事が見つかるまではつづけるしかない。

ドアを開けると、グラウンドでは軽快な音楽が大音量で流れていた。

ドーム球場の一塁側スタンド前で、二十人のスターズガールのメンバーが踊っている。十人ずつ二列になり、ダンスの練習に励んでいるところだ。彼女たちの健康的な身体を包んでいるコスチュームは、ヘソが見えるショートタイプのタンクトップとミニスカート。鮮やかなピンクと白のツートンカラーが目に眩《まぶ》しい。

頭には猫耳をつけて、軽く握った手を猫のように曲げている。練習中でも常に笑顔を絶やさない。「ニャンニャン」というかけ声を発しながら、腰をくねらせる激しくもキレキレのダンスを踊っていた。

今シーズンからスターズガールが踊っている「ねこねこダンス」が好評を博してい

る。ＳＮＳを中心に人気が沸騰したのだ。従来のスターズファンはもちろん、他チームのファン、さらには野球をあまり見ない人たちの間でも、ねこねこダンスが話題になっていた。

新潟スターズの成績も好調で、六月現在、Ａクラスを維持している。観客動員数も伸びており、今年は期待できそうな雰囲気だ。

（やっぱり、すごいな……）

拓己は思わず立ちどまり、スターズガールの練習に惹《ひ》きつけられていた。

見るたびに圧倒される。動画配信の部署にまわされるまで、スターズガールのダンスをちゃんと見たことがなかった。そもそもチアリーディングのことをよく知らなかったので、実際に目にしたときの迫力には驚かされた。

これだけのダンスパフォーマンスを身につけるのは、並大抵のことではない。個人のスキルはもちろんのこと、ほかのメンバーと動きを合わせることも重要だ。日々のたゆまぬ努力の結晶であるのは間違いない。

（おっと、見とれている場合じゃないぞ）

拓己は我に返ると、慌ててバッグからビデオカメラを取り出した。

スターズガールを撮影するのが、拓己の仕事だ。彼女たちの人気のおかげで、球団公式チャンネルの登録者数と再生回数が伸びている。広報部としても力が入っているため、新しい動画を次々とあげなければならなかった。

ビデオカメラを三脚にセットすると、さっそく撮影を開始する。まずは液晶画面に全員の姿を映し出した。

誰もが額に汗を滲《にじ》ませながら、常に笑みを浮かべている。猫を模した愛らしいポーズを取ったり、軽やかにステップを踏んだり、脚を高く跳ねあげたり、ときには背中を反らしながら大きくジャンプする。

彼女たちは基本的に毎日、昼から夕方までみっちり練習している。そして、ホームゲームがある日は、そのまま本番に挑むのだ。プロ野球のシーズン中はそのサイクルで生活するのだから、かなりの体力が必要に違いない。

（よっぽど好きなんだな……）

拓己は撮影しながら、心のなかでぽつりとつぶやいた。

スターズガールのメンバーは、毎年、厳正なオーディションによって選ばれる。二百人前後の応募があり、一次審査の書類選考、二次審査の実技試験、三次審査の面接を経て、最終的に残るのはわずか二十人だけという難関だ。基本的に一年契約なので、何年か在籍しているメンバーもオーディションを毎年受けている。

オーディションに応募してくるのは、熱烈な新潟スターズファンで、なおかつダンスの心得がある者がほとんどだ。スターズガールとして踊れることが、彼女たちにとっては名誉なことだという。

厳選されたメンバーが、連日、厳しい練習を積んでいるのだ。レベルが高くなるのは当然のことだった。

しかし、全員が大観衆の前で踊れるわけではない。

その日、最高のパフォーマンスを披露できる十五人が選出される。体調が悪い者や怪我をした者は、容赦なくメンバーからはずされてしまう。華《はな》やかに見えるチアリーダーだが、常に競争で一瞬たりとも気を抜けなかった。

動画配信の担当になって日は浅いが、彼女たちが努力している姿をいちばん近くで見てきた。最初は健康的な色気に目を奪われていたが、いつしか応援する気持ちが芽生えていた。

(毎日、よくこんなにがんばれるよなぁ……)

拓己は昔から運動が苦手なので、なおさら感心してしまう。

体力的にきついのはもちろんだが、メンバーと常に競い合っているのは精神的にもつらいのではないか。しかも、チアリーディングチームはいつも笑顔でいなければならないのだ。

スターズガールのことを知れば知るほど、自分でも気づかないうちに少しずつのめりこんでいた。そして、ひとつのことに情熱を傾けている彼女たちを、羨《うらや》ましく思うようになっていた。

　カメラをズームして、ひとりひとりの顔をアップで撮影する。液晶画面を見つめながら、カメラをゆっくり動かしていく。激しいダンスをつづけているのに、誰も苦しい表情を見せずに笑顔を保っていた。

（あっ、月島《つきしま》さんだ）

　あるメンバーが目に入り、思わずカメラを動かす手をとめる。

　液晶画面に映っているのは月島由菜《ゆな》だ。愛らしい顔立ちをしており、黒髪のロングヘアをダンスのときはポニーテールにまとめている。

　プロフィールによると二十歳《はたち》の大学生で、幼いころから新潟スターズの大ファンだったらしい。いつかスターズガールに入って踊るのが夢で、今年、思いきってオーディションを受けたという。

　笑顔で踊っているが、ほかのメンバーと比べると苦しそうに見える。練習についていくのがやっとという感じだ。

　それもそのはず、由菜は子供のころにダンス教室に通っていたが、そのあとは趣味で踊っていただけらしい。本格的にダンスをやっていたメンバーが多いので、差が出てしまうのは仕方のないことだ。

　だが、彼女は決してあきらめることなく、必死に食らいついていく。その姿に拓己の心は惹きつけられた。

由菜が本番でねこねこダンスを披露したことは、まだ数回しかない。野球にたとえるなら、一軍と二軍を行き来している状態だ。とはいっても、厳しいオーディションを通過して採用されたのだから、それなりのスキルは持っている。由菜が劣っているのではなく、まわりのレベルが高すぎるのだ。

（がんばれ……）

拓己は無意識のうちに心のなかでつぶやいた。

最初はただ無我夢中で撮影しているだけだった。だが、一か月ほどが経ち、少し余裕が出てきた。それと同時に、だんだん由菜の努力する姿に惹かれて、いつしか恋心を抱くようになっていた。

だからといって、告白する勇気など持ち合わせていない。それどころか、話しかけることすらできなかった。なにしろ、拓己はいまだに童貞だ。奥手な性格が災いして、これまで女性と交際した経験もなかった。

（やっぱり、かわいいな……）

拓己は液晶画面に映る由菜の姿を凝視する。

人見知りの自分にできるのは、こうしてレンズごしに応援することだけだ。ポニーテールが揺れて、汗がキラキラと飛び散った。由菜の全身を映し出せば、ミニスカートが舞いあがり、白い太腿《ふともも》と黒のスパッツがチラリとのぞいた。

（おおっ！）

思わず前のめりになり、心のなかで唸った。

本当は全員をまんべんなく撮影しなければならない。しかし、仕事も忘れて、ますます由菜の姿に引き寄せられてしまう。

「音楽をとめて！」

そのとき、鋭い声がグラウンドに響きわたった。

声の主はリーダーの藤森彩花《ふじもりあやか》だ。セミロングの髪は汗に濡れており、アーモンド形の瞳は鋭い光を放っている。美形ぞろいのスターズガールのなかでも、ひときわ目立つ存在だ。

彩花は二十六歳のベテランで、十八歳のときから八年連続でスターズガールに在籍している。当然ながら毎年、正式にオーディションを受けて選ばれている。ダンスのスキルはもちろん、面倒見のよさにも定評がある。今シーズンはリーダーに選ばれたことで、例年以上に気合が入っていた。

「テンポがずれてるわよ。音をよく聞いて」

「はい！」

彩花が活を入れると、全員が大きな声で返事をする。

このあたりは体育会的なノリだが、ただ厳しいだけではない。露出度の高いコスチュームと猫耳をつけているせいか、明るい雰囲気が消えることはなかった。

「あと、笑顔を忘れないでね」

「はい！」

再び大きな声が響きわたる。

彩花が合図をすると音楽がかかり、ねこねこダンスの練習が再開された。「ニャンニャン」というかけ声と、飛びきりの笑顔が弾《はじ》ける。手を軽く握り、猫のように手首を曲げるポーズがかわいらしい。

拓己は慌ててカメラを操作すると、スターズガールの練習風景を撮影する。二十人の一糸乱れぬダンスは、見事としか言いようがなかった。

2

スターズガールの練習が終わり、メンバーたちが更衣室に戻っていく。そのうしろ姿を拓己はぼんやり眺めていた。

視線は由菜に向いている。ミニスカートの裾がヒラヒラ揺れており、剝《む》き出しの健康的な白い太腿が気になった。タンクトップに包まれている乳房は大きく、歩を進めるたびにタプタプ揺れた。

(月島さん……ああっ、由菜ちゃん)

心のなかで名前を呼ぶだけで、胸がせつなく締めつけられる。

撮影するたびに想いが募っていく。言葉を交わしたいが、どうしてもそれができない。さりげなく「お疲れさま」と言うだけでもいいのに、拓己にはとてつもなくハードルが高かった。

そのとき、ふいに由菜が振り返る。

拓己がじっと見つめていたので、視線を感じたのかもしれない。目が合うと、由菜は微笑を浮かべて会釈した。

「いつも撮影、ありがとうございます」

穏やかな声音が耳に心地いい。まさか由菜のほうから話しかけてくれるとは思いもしなかった。

「ど、どうも……」

慌てて拓己も頭をさげる。すると、由菜はにっこり微笑んで、そのまま更衣室に向かった。

ほんのひと言だけだが、言葉を交わすことができた。それだけで天にも舞いあがる気持ちになる。もっと気の利いたことを言えばよかったが、とっさになにも浮かばなかった。

（よし、今度は俺から……）

少しだけハードルがさがった気がする。

今度は自分から声をかけてみるつもりだ。高望みはしないが、普通に挨拶できるくらいにはなりたかった。

（おっと、ぼんやりしてる場合じゃないぞ）

はっと我に返り、更衣室に向かおうとしていた彩花に歩み寄る。

今日は練習風景だけではなく、リーダーの彩花のインタビュー動画を撮影しなければならなかった。

「あ、あの、藤森さん――」

拓己は思いきって、彩花に声をかけた。

今まさにグラウンドから去ろうとしていた彩花は、ドアレバーをつかんだ状態で立ちどまり、ゆっくり振り返った。

「あなたは、確か広報の……」

「さ、沢野です」

拓己は慌てて頭をさげる。

突然の異動で撮影担当になり、最初に挨拶をすませているが、ふだんはほとんど言葉を交わすことがない。練習風景や試合中のダンスを撮影させてもらっているが、いつも軽く頭をさげる程度だった。

「そうそう、沢野くんね」

「は、はい。ちょっとだけ、お時間よろしいでしょうか」

緊張のあまり声がうわずってしまう。

練習中の厳しいイメージが彩花にはある。体育会系のノリが苦手なので、よけいに緊張してしまう。

「メールでお願いしてあったのですが、公式チャンネル用の……」

「あっ、ごめんなさい。今日だったわね」

彩花は笑みを浮かべて、首にかけたタオルで額の汗を拭いた。

すぐに思い出してくれたのでほっとする。事前にインタビューを申しこんであったのだが、うっかり忘れていたらしい。今日は試合がない日なので、少し時間を取ってもらえることになっていた。

「この格好でいいの？」

彩花が自分の服を見おろして尋ねる。

身につけているのは、ショートタイプのタンクトップにミニスカートというスターズガールのコスチュームだ。白くて平らな腹がのぞいており、縦長のヘソもしっかり見えていた。

腰は細く締まっており、悩ましい曲線を描いてくびれている。目の前にするとドキドキして、拓己は慌てて彩花の顔に視線を向けた。

「も、もちろんです」

平静を装ったつもりだが、うまくいっただろうか。

球場に足を運ぶファンたちは知るよしもないが、練習中の彩花はいっさい妥協をしない。そんな彼女に一瞬でも邪《よこしま》な気持ちを抱いたことがバレたら、逆鱗に触れる気がして緊張した。

「あ、あの、できれば、猫耳もつけていただけると……」

遠慮がちにお願いする。練習が終わったので、彩花は猫耳のカチューシャをはずしていた。

「これをつけるの？」

彩花が首を傾《かし》げて、カチューシャを軽く持ちあげる。こちらの意図が伝わっていないのかもしれない。

「は、はい、そのほうがファンの方も喜ぶと思いますので」

言葉を選んで慎重に話しかける。

拓己の額には玉の汗がびっしり浮かんでいた。ただでさえ女性と話すのは緊張するのに、彩花はスターズガールのリーダーだ。今後のことも考えると、機嫌を損ねるわけにはいかなかった。

「公式チャンネル用なんです。ねこねこダンスで大注目されているので、どうかお願いできないでしょうか」

「もちろん、構わないわよ」

彩花はあっさり猫耳のカチューシャを頭につける。さらには、両手を猫のように曲げる、ねこねこダンスのポーズを取ってくれた。

「これでどう？」

そう言って、おどけたような笑みを浮かべる。

意外にも親しみやすい雰囲気が漂っていた。とはいえ、拓己の緊張がそう簡単に解けるはずもない。

彩花のようなスタイル抜群の美女が、肌を露出したコスチュームに身を包み、かわいらしいポーズを取っているのだ。目の前で腰をくねらせた姿を見せつけられて、拓己は完全に動揺していた。

「す、素敵です……と、とっても……」

目のやり場に困ってしまう。

腰をよじることで、見事なくびれがますます強調されている。だからといって、猫耳をつけた彩花の顔を至近距離で見るのも照れくさい。緊張と動揺で、頬の筋肉がこわばるのがわかった。

「さっそくはじめましょうか。撮影するのよね？」

彩花は指示するまでもなく、グラウンドの隅にセットしたカメラの三脚の前に立ってくれる。そして、うながすように拓己に視線を送ってきた。

「で、では……は、はじめたいと思います」

拓己が声をかけると、彩花はこっくりうなずいた。

事前に準備しておいたインタビューの資料をバッグから取り出そうとする。ところが、どういうわけかどこにも見当たらなかった。

（ま、まずい、入れ忘れたのかも……）

全身の毛穴から汗がどっと噴き出した。

緊張して質問が飛んでしまうと予想していたので、あらかじめ箇条書きにしておいたのだ。だが、その資料を忘れてしまったのでは話にならない。焦るほどに頭のなかがまっ白になっていく。

「どうしたの？」

いつまで経ってもインタビューがはじまらないので、彩花が見かねたように声をかけてきた。

「そ、それが、質問を書いたメモを忘れてしまって……すみません、インタビューはまた今度お願いできますか」

拓己はひきつった顔で告げると、頭をぺこりとさげる。気を悪くしてしまったかもしれないと思うと、顔を見る勇気がなかった。

「メモなんてなくても、インタビューはできるでしょ」

彩花の声は意外にも軽やかだ。思わず顔をあげると、彩花はやさしげな笑みを浮かべていた。

「決まりきったことを聞くより、思いつきのほうがおもしろいかもしれないわよ」

「で、でも……」

「なんでも聞いていいわよ。さあ、どうぞ」

まったく気を悪くした様子はない。それどころか、彩花はこの状況を楽しんでいるような雰囲気すらある。もしかしたら、資料を忘れた拓己を気遣っているのかもしれない。

(これが、スターズガールのリーダーか……)

拓己は感動すら覚えて、彩花の顔を見つめていた。

さすがは球界一の人気を誇るチアリーディングチームのリーダーだ。厳しいだけではなく、困っている者には手を差し伸べる。それができるから、スターズガールのメンバーは彩花を慕っているのだろう。

「で、では、質問させていただきます」

拓己は自分を奮い立たせると、なんとかインタビューを開始する。

ところが、肌の露出が気になってしまう。直接、彩花を見ることができず、カメラの液晶画面に視線を移した。

「え、えっと……ね、ねこねこダンスの振り付けは、誰が考えたのですか」

目の前の女体が気になって仕方ないが、必死に質問をひねり出す。すると、彩花はにっこり笑って語りはじめた。

「わたしたちの振り付けは、すべてメンバーたちで話し合って決めるの。ダンス経験者が多いから、案はいくらでも出てくるわ」

「まとめるのは大変じゃないですか」

「それがリーダーの役目よ。大変ではないわ」

彩花はきっぱり言いきった。

やはりリーダーの資質があるのだろう。スターズガールに八年連続で選ばれているベテランなので、ほかのメンバーも信頼しているに違いない。

「次の質問は？」

うながされると焦ってしまう。考えていた質問を思い出そうとするが、頭からすっかり飛んでいた。

「ほら、時間がなくなるわよ」

「そ、そのコスチューム……」

強い口調で急かされて、思わず気になっていることを口走った。

「コスチュームがどうかしたの？」

「あ、あの……は、恥ずかしくないんですか？」

拓己は視線をカメラの液晶画面から目の前の彩花に移した。

ヘソが出ているコスチュームは、間近で見るとなおさら刺激的だ。くびれた腰のラインも剝き出しで、思わず喉がゴクリと鳴ってしまう。

「恥ずかしいわけないじゃない」

彩花の不機嫌そうな声ではっと我に返る。

不適切な質問だったかもしれない。もしかしたら、卑猥な目で見られていると思ったのではないか。彩花はあきらかにむっとした顔になっていた。

「い、いえ、ち、違うんです……け、決して、いやらしい意味ではなくて……」

慌てて取り繕《つくろ》うとするが、自分でも説得力がないと思ってしまう。

淫らなことをまったく考えていないと言えば嘘になる。それどころか、スターズガールの練習風景を撮影をするたび、艶《なま》めかしい女体が気になって仕方がない。ひとり暮らしのアパートに帰ってから、思い出すことも多かった。

「本当にいやらしいこと考えてなかった？」

彩花が一歩近づき、訝《いぶか》しげな瞳を向ける。拓己はすぐに返事ができず、おどおどと視線をそらした。

「ねえ、沢野くん。エッチなこと考えてたんでしょう」

彩花はカメラをまわりこみ、拓己のすぐ目の前に迫る。そして、顔をぐっと寄せると、至近距離から見つめてきた。

「な、なにを……」

拓己は視線をそらすだけで、身動きが取れなくなってしまう。彩花の甘い吐息が鼻先をかすめて、胸の鼓動がどんどん速くなる。

「本当のことを教えて。今、認めるなら許してあげる」

まるで心のなかを見透かしたような言い方だ。だが、実際、彩花の言うことに間違いはなかった。

「す、すみません」

言い逃れできないと悟り、拓己は消え入りそうな声でつぶやいた。

まずいことになってしまった。彩花が広報部に苦情を入れたら、どうなってしまうのだろうか。いきなりクビになることはないと思うが、会社での立場が悪くなるのは確実だ。

(まずい……まずいぞ)

まだ次の仕事は見つかっていない。やりがいを感じていないとはいえ、今すぐ辞めるつもりはなかった。

「顔をあげて」

彩花の声が聞こえた。

思いのほかやさしい声音だ。厳しい言葉を浴びせられることを覚悟していたが、怒っていないのだろうか。

「ほら、いつまでもうつむいていないで」

彩花のほっそりした指が、拓己の顎に添えられる。そして、顔を上向かせると、まじまじと見つめてきた。

「キミ、女の子とつき合ったことないでしょう」

まさかそんなことを言われるとは思いもしない。いきなり図星を指されて、拓己は激しく動揺した。

「ど、どうして、そんなこと……」

ごまかそうとするが、声がうわずってしまう。すると、彩花は唇の端に笑みを浮かべた。

「やっぱり、つき合ったことないのね」

彩花の声は確信に満ちている。

二十三歳にもなって、女性と交際経験がないのは格好悪い。それを指摘されたことで猛烈な羞恥がこみあげる。思わず視線をそらすが、彩花は構わずに顔をのぞきこんでくる。

「もしかして、経験ないんじゃない？」

「か、関係ないじゃないですか」

つい声が大きくなってしまう。それでも、彩花は怯《ひる》むことなく拓己の目を見つめていた。

「むきにならなくてもいいじゃない。誰だって最初は童貞なんだから」

穏やかな声で諭《さと》されて、ますます羞恥がこみあげる。

「す、すみません……大きな声を出して」

拓己が素直に謝ると、彩花はやさしげな笑みを浮かべた。

「どうして……わかったんですか」

「わかるわよ。沢野くん、いつもおどおどしてるもの。スターズガールのコスチュームを見て、興奮していたんじゃないの？」

「そ、そういうわけじゃ……」

まさか毎日ムラムラしていたとは言えない。思わず言葉を濁すが、彩花はわかっているとばかりに微笑んだ。

「いいのよ。こんな格好をしていたら、気になって当然よね。でも、そろそろ慣れないと、仕事に支障が出るんじゃない？」

「そ、それは……」

実際、スターズガールの撮影担当なのに、彼女たちとほとんど言葉を交わすことができずにいる。先ほどのインタビューも彩花の身体が気になり、質問がまったく思い浮かばなかった。

「女性と経験すれば、少しは落ち着くんじゃない？」

彩花の言うことにも一理ある。

セックスを経験することで、女性に慣れるかもしれない。しかし、それには相手が必要だ。恋人がいないのなら風俗に行く方法もあるが、拓己にそんな勇気があるはずもなかった。

「すぐには、むずかしいです」

拓己は肩をがっくりと落とした。

童貞を捨てるのは、まだまだ先になりそうだ。まずは恋人を作るところからはじめなければならなかった。

「わたしが相手になってあげる」

彩花がぽつりとつぶやいた。

「はい？」

意味がわからず首を傾げる。彩花の顔を見やれば、なぜか恥ずかしげに頬を赤く染めていた。

「相手がいないんでしょう。それなら、わたしが経験させてあげる」

そう言われて、ようやく意味を理解する。まさか彩花がそんな提案をするとは思いもしなかった。

「で、でも……」

「遠慮しないで。ほら、行くわよ」

彩花に急かされて、慌ててカメラをバッグにしまう。すると手首をつかまれて、グラウンドからバックヤードに連れこまれた。

3

「ほ、本当に……するんですか？」

拓己はとまどいながらつぶやいた。

ここは球場内にあるスターズガールの更衣室だ。壁に沿って人数分のロッカーが並んでおり、中央の空間には長椅子がいくつか置いてある。すでにほかのメンバーたちは帰ったあとで、室内はがらんとしていた。

「今日はゲームがないでしょ。練習が終わって、もう誰も来ないから大丈夫よ」

彩花はそう言って、ドアに鍵をかける。

「そ、そういうことじゃなくて……本当にいいんですか？」

「どうして、そんなこと聞くの？」

「だって、俺なんかと……」

ふたりきりになっても、まだ信じられなかった。

セックスできるのはうれしいが、彩花のような美しい女性が相手をしてくれる理由がわからない。もしかしたら、からかわれているだけではないか。拓己が本気になったところで、ドッキリでしたと笑われるのではないか。そんな不安を拭《ぬぐ》うことができずにいた。

「うーん、今は彼氏がいないし……それに沢野くん、どことなく弟に似てるの」

彩花がゆっくり歩み寄ってくる。

スターズガールのコスチュームで、猫耳のカチューシャもつけたままだ。今、大人気のねこねこダンスの格好で、拓己の目の前に立っていた。

「やっぱり似てる。かわいいわ」

彩花は独りごとのようにつぶやき、やさしげな笑みを浮かべる。まっすぐ見つめられると、胸の鼓動が速くなった。

「弟は三つ年下で、小さいときはいつもわたしについて歩いていたの。でも、大きくなったら、わたしのことなんて相手にしなくなって……」

意外な言葉だった。

どうやら、彩花は弟に特別な感情を抱いているらしい。しかし、弟は彩花のことを姉としか見ていないのだろう。

「東京の大学に行って、そのまま向こうで就職したのよ。彼女もいるみたいで、全然会えなくて……」

彩花が両手を伸ばして、拓己の頬にあてがった。顔を寄せると、息がかかる距離で見つめてきた。

「拓己くんって呼んでもいい？」

「は、はい……」

かすれた声で答えると、彩花はうれしそうに目を細める。そのまま顔を寄せて、唇をそっと重ねた。

「ンっ……拓己くん」

拓己にとっては、これがファーストキスだ。柔らかい唇の感触に陶然《とうぜん》となり、身動きひとつできなくなった。

(キ、キスしてるんだ……)

そう思うと、腹の底から喜びが湧きあがる。

女性の唇がこれほど柔らかいとは知らなかった。ただ重ねているだけなのに、全身が蕩《とろ》けるような感覚に包まれていく。唇の表面が触れているだけだが、頭の芯がジーンと痺れていた。

やがて彩花が舌を伸ばして、拓己の唇を舐《な》めはじめる。左右にゆっくり動かしながら唾液を塗りつけると、さらには唇を割って口内に侵入してきた。

(あ、彩花さんの舌が……)

考えるだけでも興奮が高まっていく。

口のなかに入りこんだ彩花の舌が、歯茎や頬の裏側をねちっこく舐めまわしているのだ。拓己の舌をからめとり、ヌルヌルと擦り合わせてくる。粘膜同士が滑る感触が心地よくて、スラックスのなかでペニスがむくむくとふくらみはじめた。

「はンンっ」

彩花が鼻にかかった声を漏《も》らしながら、拓己の舌を唾液ごと吸いあげる。ジュルジュルという音が聞こえて、なおさら興奮が高まった。

(俺の唾を、彩花さんが……)

信じられないことが現実になっている。

はじめてのディープキスで、彩花が唾液を飲んでいるのだ。すでにペニスはこれ以上ないほど勃起している。先端から我慢汁が溢れて、ボクサーブリーフの裏地をぐっしょり濡らしていた。

「わたしのも飲んで……ンンっ」

彩花が唾液を口移しする。

言われるまま飲みくだせば、甘ったるい味が鼻に抜けていく。かつてない興奮がこみあげて、ペニスがますます硬くなった。

口のなかをたっぷり舐めまわすと、彩花はようやく唇を離した。そして、拓己の目を見つめて、ふふっと笑う。

「キスもはじめてだったんでしょう」

人気チアリーディングチームのリーダーが、ささやくような声で語りかけてくる。

両手は拓己の頬を挟んだままだ。鼻の頭同士が触れており、彩花が話すたびに甘い吐息が鼻腔に流れこむ。無意識のうちに肺いっぱい吸いこめば、ペニスがピクッと反応した。

「は、はじめてです……」

拓己の声は消え入りそうなほど小さい。極度の興奮と緊張で、喉がカラカラに渇いていた。

彩花は満足げにうなずくと、身体をさらに寄せてくる。そして、右膝を拓己の脚の間に押しこんだ。その結果、ミニスカートから剝き出しの太腿が、拓己の股間に押し当てられた。

「うっ……」

軽く触れただけなのに、快感が脳天まで突き抜ける。自分の意思とは関係なく、体がビクッと大きく震えてしまう。

「もうこんなに硬くなってる」

彩花が至近距離から目を見つめてささやく。そして、太腿で股間をグリグリと刺激する。

「うっ……ううっ」

快感の波が次々と押し寄せて、口から快楽の呻《うめ》きが漏れてしまう。

恥ずかしくてならないが、どうすればいいのかわからない。拓己はその場に立ちつくしたまま、身動きできずにいる。すると、彩花は柔らかい太腿をさらに押しつけて、スラックスの上からペニスをこねまわす。

「くううッ、あ、彩花さんっ」

たまらなくなって訴える。我慢汁がどんどん溢れて、ボクサーブリーフがヌルヌルと滑っていた。

「感じやすいのね。もっと気持ちいいこと、してほしい？」

年上美女が妖《あや》しげな微笑を浮かべる。その間も太腿で股間を刺激して、拓己の顔が快楽に歪む様子を楽しそうに眺めていた。

「ううッ……」

「ねえ、してほしいの？」

彩花はスラックスの股間に手のひらを重ねると、布地ごと硬くなった太幹をキュッとつかんだ。

「くうッ、ダ、ダメですっ」

鋭い快感が突き抜けて、拓己は慌てて腰をよじる。しかし、彩花の手は股間から離れない。布地の上から太幹に巻きついたままだ。

「なにがダメなの？」

「そ、それ以上されたら……」

「ちゃんと言わないとわからないわよ」

彩花の指がスライドをはじめる。スラックスごしに竿《さお》をしごかれて、先ほどまでとは比べものにならない快感が押し寄せた。

「ううッ……で、出ちゃいますっ」

慌てて腰を引いて訴える。このままつづけられたら、セックスする前に射精してしまう。せっかくのチャンスを逃したくなかった。

「わたしとセックスしたいの？」

彩花はまだペニスを握っている。やさしくしごいて、拓己が悶える姿をニヤニヤしながら見つめていた。

「し、したい……セックスしたいですっ」

快感が大きすぎて、じっとしていられない。情けなく腰をくねらせながら、懸命に射精欲をこらえて懇願した。

「よく言えました。じゃあ、こっちに来て」

ようやく彩花がペニスを解放する。そして、拓己の手を取ると、長椅子の前に移動した。

4

「服を脱いで横になって」

彩花は当たり前のように告げると、熱い視線を送ってくる。

これからセックスをするのだから服を脱ぐのは当たり前だが、見られていると恥ずかしい。意を決してジャケットを脱ぎ、ネクタイもほどいていく。思いきって上半身裸になり、革靴と靴下も脱ぎ捨てた。

「あ、あんまり見ないでください」

視線に耐えかねてつぶやくが、彩花は見るのをやめようとしない。それどころか、口もとに笑みを浮かべて凝視していた。

仕方なく視線を浴びながらスラックスをおろして抜き取った。これで拓己が身につけているのはボクサーブリーフだけだ。グレーの布地は大きくテントを張り、しかもふくらみの頂点は我慢汁で黒く変色していた。

「ずいぶん興奮しているみたいね」

彩花の視線は股間に向いている。恥ずかしさのあまり、拓己はボクサーブリーフに指をかけた格好で固まった。

「それも脱がないと、セックスできないわよ」

「で、でも……」

「世話が焼けるわね。ひとりで脱げないなら手伝ってあげる」

彩花はボクサーブリーフのウエスト部分を摘《つ》まむと、大きくめくりながら引きさげる。すると、これでもかと勃起したペニスが、バネ仕掛けのようにブルンッと鎌首《かまくび》を振りながら現れた。

「大きい……」

思わずといった感じで彩花がつぶやく。まじまじと見つめられて、激烈な羞恥がこみあげた。

彩花の手によってボクサーブリーフが脚から抜き取られる。これで拓己が身につけている物はなにもない。女性の前で裸になるのは、はじめてだ。しかも、ペニスはガチガチに勃起している。恥ずかしくてたまらないが、手で股間を隠すのも違う気がした。

「そ、そんなに見られたら……」

「すごく立派よ」

彩花がやさしく声をかけてくれる。だから、羞恥だけではなく、期待もどんどんふくれあがった。

「横になって」

言われるまま、拓己は長椅子に横たわる。ペニスは天井に向かってそそり勃《た》ち、先端から我慢汁を垂れ流していた。

「コスチュームは脱がないほうがいいわよね」

彩花がミニスカートのなかに手を入れる。まずは黒いスパッツをおろして、スニーカーを履いた足から抜き取った。

たったそれだけなのに、童貞の拓己は興奮してしまう。目の前で女性が服を脱いでいるのだ。そのシーンを見ているだけでも、ペニスがピクピクと反応して、新たな我慢汁が溢れ出した。

「興奮してるのね」

拓己の視線を意識しながら、彩花は再びミニスカートのなかに手を入れる。手首で裾が持ちあがり、太腿がきわどい部分まで露出した。

白いパンティがゆっくりおろされる。それにともないミニスカートの裾がさがり、肝腎なところは見えない。やがて彩花が前屈みになり、片足ずつ持ちあげてパンティを抜き取った。

拓己は横になったまま、瞬《まばた》きすることなく凝視している。これから起きることを一瞬たりとも見逃したくなかった。

「わたしが上になってあげる」

彩花はそう言ってスニーカーを脱ぎはじめる。そして、ベンチに横たわっている拓己の股間にまたがった。

両足をベンチの端に乗せて、膝を立てた騎乗位の体勢だ。屹立《きつりつ》したペニスの真上に彼女の股間が迫っていた。

（おおっ……）

次の瞬間、拓己は思わず腹のなかで唸った。

自然とミニスカートがまくれあがり、彩花の股間が露《あらわ》になっている。恥丘には黒々とした陰毛が生えていた。きれいな逆三角形になっているのは、ふだんから手入れをしているからだろうか。首を持ちあげて、ついつい見つめてしまう。

「見たいのね。いいわ、もっと見せてあげる」

彩花は後方に手をつくと、股間を突き出す格好を取ってくれる。その結果、恥丘だけではなく、陰唇までまる見えになった。

（こ、これが、彩花さんの……）

拓己は両目を大きく見開いた。

インターネットの画像なら見たことはあるが、生はこれがはじめてだ。二枚の陰唇はサーモンピンクで、割れ目から透明な汁が湧き出している。それが陰唇全体にひろがり、ヌラヌラと濡れ光っていた。

生で見る陰唇は、あまりにも艶めかしい。拓己は視線をそらせなくなり、何度も生唾を飲みこんだ。

「そんなに夢中になって……恥ずかしいわ」

そう言いながら、彩花はポーズを変えようとしない。見られることで興奮しているのか、瞳がねっとり潤みはじめた。

「ねえ、わたしのアソコ、どんな感じ？」

「ぬ、濡れてます……どうして、こんなに濡れてるんですか？」

素朴な疑問を口にする。

割れ目から溢れているのは、おそらく愛蜜だ。まだ触れてもいないのに、なぜ濡れているのだろうか。

「拓己くんの硬いのを触っていたら、わたしも興奮しちゃったの」

彩花が恥ずかしげに告白する。その声を聞いたことで、拓己もますます興奮してしまう。

「あ、彩花さん……は、早く……」

たまらなくなってつぶやいた。

ペニスはこれ以上ないほど勃起している。はじめて女性器を生で見たことで、パンパンに張りつめて痛いくらいだ。

「も、もう、我慢できません」

セックスしたくてたまらない。

あのヌメヌメした陰唇の狭間《はざま》にペニスを埋めこんだら、どれほど気持ちいいのだろうか。未知なる快楽を想像するだけで、新たな我慢汁が溢れ出して亀頭をぐっしょり濡らしていく。

「わたしも……拓己くんとしたい」

彩花は体勢を整えると、右手を股間に伸ばして太幹をそっと握る。そして、ペニスの先端を陰唇に導いた。

クチュッ――。

ほんの少し腰を落としたことで、亀頭が数ミリだけ女陰の狭間に沈みこむ。たったそれだけで快感がひろがり、腰がブルルッと小刻みに震えた。

「いくわよ。拓己くんはなにもしなくていいからね」

彩花はやさしく語りかけると、さらに腰を下降させる。亀頭が膣口《ちつこう》に吸いこまれると同時に、強烈な愉悦《ゆえつ》が押し寄せた。

「くおおッ」

いきなり射精欲がこみあげる。

まだ亀頭が入っただけだが、凄まじいまでの快楽だ。気を抜くと、すぐに達してしまうに違いない。拓己は慌てて奥歯を食いしばり、尻の筋肉に力をこめて射精欲を抑えこんだ。

「ああンっ、やっぱり大きい」

彩花が甘い声を漏らして、腰をじわじわ落としていく。ペニスが熱い膣のなかに入り、ついに根元まで収まった。

（やった……やったぞ）

ついに童貞を卒業したのだ。

膣の熱い感触をペニスで感じるとともに、腹の底から喜びがこみあげる。雄叫《おたけ》びをあげたいほど感激していた。

「はンンっ……全部、入ったわ」

彩花は両手を拓己の腹に置き、うっとりした顔になっている。ペニスの感触を味わうように、腰をゆったりまわしていた。

「う、動かないで……」

拓己はかすれた声で訴える。

ほんの少し動いただけで、快感の波が押し寄せてくるのだ。無数の膣襞《ひだ》が亀頭と竿にからみつき、ウネウネと蠢《うごめ》いているのがたまらない。まだ挿入しただけだというのに、早くも性感を追いつめられていた。

「動かないと気持ちよくなれないわよ」

彩花はそう言いながら、タンクトップを上にずらしていく。なかにつけているスポーツブラも押しあげて、たっぷりした乳房がプルルンッと露出した。

（す、すごい……）

目の前で大きな乳房が揺れている。まるで新鮮なメロンのように大きくて張りのある双乳だ。白い肌が魅惑的な曲線を描き、ふくらみの頂点ではピンクの乳首がピンッと屹立していた。

(ち、乳首が勃《た》ってる)

視線が乳房の先端に吸い寄せられる。思わず凝視していると、彩花が拓己の手を取り、乳房へと導いてくれた。

「触っていいのよ」

軽く触れただけなのに、指先が柔肉のなかに沈みこんだ。

乳房はまるで巨大なマシュマロのようで、驚くほど柔らかい。男の体ではあり得ない感触だ。拓己は夢中になって、両手で乳房を揉みあげた。

「あンっ、強いわ。もっと、やさしく触って」

「は、はい……こ、こうですか」

できるだけやさしく揉みしだくと、彩花はうっとりと目を閉じる。

「ああっ、上手よ。先っぽも触ってみて」

言われるまま乳首を指先でそっと摘まむ。とたんに女体がピクッと反応して、膣がペニスを締めつけた。

「はああッ」

「くううッ」

彩花の喘ぎ声と拓己の呻き声が同時にあがる。

膣の奥から大量の愛蜜が溢れて、結合部分がドロドロになっていく。彩花が少し腰を動かすだけで、ペニスが膣のなかでヌルリッと滑った。

「す、すごい……うううッ」

快感の波が次から次へと押し寄せる。呻き声をこらえられない。ペニスを四方八方から揉みくちゃにされて、きつく締めあげられるのがたまらなかった。

「大きな声をあげて……気持ちいいのね」

彩花は口もとに笑みを浮かべると、腰をゆったり振りはじめる。

太幹を根元まで呑みこんだ状態での、陰毛を擦りつけるような前後動だ。くびれた腰がなめらかに動くのが艶めかしい。チアガールのコスチュームを身につけたままなので、露出している腰まわりが強調される視覚からも欲望を刺激されて、射精欲がどんどんふくれあがっていく。

(こ、これがセックス……俺、セックスしてるんだ)

考えれば考えるほど気持ちが高揚する。結合部分では愛蜜と我慢汁がまざり、クチュッ、ニチュッという卑猥な音を立てていた。

膣道でペニスをこねまわされる刺激は強烈だ。濡れ襞が亀頭と竿にからみつき、奥へ奥へと引きこもうとする。我慢汁が次々と吸い出されて、蕩けそうな愉悦が四肢の先までひろがった。

「そ、そんなにされたら……」

「もうイッちゃいそうなの？」

拓己の反応をおもしろがり、彩花が腰を大きく回転させる。すると、ペニスが膣道のなかでニュルニュルと滑るのがわかった。

「ううッ、ダ、ダメですっ」

なんとか射精欲をこらえようと、全身の筋肉に力をこめる。さらに少しでも気を紛らわせようとして、指先で双《ふた》つの乳首をしつこく転がした。

「あンっ、そこばっかり……」

彩花の唇から色っぽい声が漏れる。

刺激を受けたことで乳首はさらに硬くなり、感度が増しているようだ。人さし指と親指で摘まんで転がせば、女体にブルルッと震えが走る。膣が思いきり収縮して、ペニスが強く締めつけられた。

「くおおッ、す、すごいっ」

「拓己くんのアソコ、わたしのなかでヒクヒクしてる」

彩花は腰をゆったり回転させながら、拓己の腹に置いていた両手を胸板に移動させせる。そして、指先で乳首をいじりはじめた。

「ちょ、ちょっと……」

「ここも気持ちいいでしょう」

乳首はすぐに硬くなり、ぷっくりふくらんでしまう。そこを指先で摘まれて、コリコリと転がされた。

「ううッ、そ、そこは……」

「お返ししてあげる。男の人も乳首が感じるのよ」

彩花の愛撫はあくまでもやさしい。指先でそっと撫でたり、少し力を入れてキュッと摘まむことをくり返す。

「くううッ、も、もう……」

「我慢できなくなってきたのね。じゃあ、思いきりイカせてあげる」

言い終わると同時に、彩花の腰の動きが変化する。

膝の屈伸を使った上下動だ。チアガールのコスチュームを身につけた彩花が、己の股間にまたがって腰を振っている。勃起したペニスを蜜壺《つぼ》に収めて、ヌプヌプとしごきあげているのだ。

「おおおッ、き、気持ちいいっ」

たまらず快楽の呻き声が溢れ出す。

膣が猛烈に締まる刺激と、大量の愛蜜で滑る感触がたまらない。彩花の腰の動きに合わせて、自然と腰が浮きあがる。尻を長椅子の座面から浮かせると、ペニスを膣の奥まで突き挿《い》れた。

「あああッ、わたしも気持ちいいわ」

彩花が喘いでくれるから、ますます気分が盛りあがる。腰の振り方がさらに激しくなり、ペニスが高速で出入りをくり返す。根元まで呑みこまれるたび、快感の大波が押し寄せた。

「あっ……あっ……」

彩花の唇が半開きになり、切れぎれの喘ぎ声が漏れている。だが、まだ余裕があるのか、拓己の顔を見おろしながらリズミカルに腰を振っていた。

「おおッ、おおおッ」

拓己はもうまともな言葉を発する余裕もない。両手で長椅子の縁をつかみ、ふくらみつづける快感に抗《あらが》っていた。

この悦楽を少しでも長く味わっていたい。しかし、射精欲はもう抑えきれないほど高まっている。ペニスはかつてないほどそそり勃ち、先端からは大量の我慢汁が溢れていた。

「くううッ、も、もうっ」

腰が勝手にブルブルと震え出す。いよいよ射精欲が切迫して、頭のなかがまっ赤に燃えあがった。

「イキそうなのね。いいわ、イッて。いっぱい出してっ」

彩花が腰を振りながら、拓己の乳首をキュッと摘まみあげる。その瞬間、鮮烈な快感電流が全身を走り抜けた。

「うううッ、で、出ちゃいますっ、おおおッ、おおおおおおッ！」

たまらず大声で唸り、欲望を爆発させる。膣の奥深くまで突き刺さったペニスが脈動して、大量のザーメンが噴きあがった。

セックスでの射精はオナニーとは比べものにならない快感だ。放出している間も無数の膣襞が蠢いて、さらなる射精をうながされる。絶頂の波が連続して押し寄せて、さらなる高みへと昇っていった。

「あああッ、なかでドクドクって……はあああッ」

彩花も艶めかしい声を漏らしている。くびれた腰をくねらせることで、蜜壺が収縮と弛緩《しかん》をくり返す。まるで最後の一滴まで搾《しぼ》り取るように、膣道全体がウネウネと蠕《ぜん》動《どう》した。

かつて経験したことのない凄まじい快感だった。

ようやく絶頂が波が収まり、硬直していた拓己の全身から力が抜ける。長椅子の上に四肢を投げ出して、ハアハアと荒い呼吸をくり返した。

彩花はまだ股間にまたがったまま、拓己の呆《ほう》けた顔を見おろしている。やさしく頬を撫でると、前屈みになってキスをした。

「童貞卒業、おめでとう」

やさしい言葉が耳に流れこんでくる。

拓己は返事をすることもできず、初セックスがもたらした強烈な絶頂の余韻を嚙《か》みしめていた。

第二章　はじらいチアガール

1

拓己はスターズガールの密着撮影を行う日々を送っている。

童貞を卒業して五日が経っていた。彩花とセックスを経験したことで、女性に対する苦手意識が少し薄れていた。

そのため、以前よりもスターズガールたちに接近して撮影することができるようになった。ときには軽く声をかけて、カメラ目線をお願いすることもある。インタビューは相変わらず苦手だが、それでもだいぶ改善したと思う。

毎日の練習風景とホームゲームでのダンスパフォーマンスは必ず撮影して、そのなかから厳選した動画を編集する。そして、球団公式チャンネルにアップするまでが拓己の仕事だ。

最初は同じことのくり返しだと思っていた。こんな仕事はつまらない。もっと自分に合った仕事を見つけて転職するつもりだった。

しかし、スターズガールに密着しているうちに意識が変わってきた。

彼女たちは毎日、たゆまぬ努力をしている。すばらしいパフォーマンスを披露しても、決して満足することはない。完璧に踊ることを目指して、妥協することなくがんばっていた。

そんな彼女たちの姿に触発されている。

とくに月島由菜が必死に練習して、まわりのレベルに追いつこうとする姿に影響を受けていた。いやいや仕事をしていた自分が恥ずかしくなり、与えられている役割はしっかり全うしようと思うようになった。

(俺も、もっといい動画を撮らないと)

気合を入れて撮影に挑んでいる。

今夜は新潟スターズのホームゲームだ。しかも、由菜がねこねこダンスのメンバーに選ばれている。密かに想いを寄せている由菜が踊るのだから、いつも以上に気合が入っていた。

ねこねこダンスは三回裏が終了したあとに踊ることになっている。そのほかにもイニングの合間にダンスパフォーマンスはあるが、ねこねこダンスを踊るのは一試合に一度だけだ。

現在、ゲームは三回裏で両チームとも得点が入っていない。こういうときこそ、スターズガールの元気な応援が必要だ。拓己はグラウンドの隅でカメラを準備して、パフォーマンスがはじまるのを待ち構えていた。

新潟スターズの選手が高々とフライを打ちあげて、観客席からため息が漏れる。これで三回裏の攻撃が終了した。

その直後、ねこねこダンスの軽快な音楽が球場に響きわたる。とたんに沈みがちだった観客の間から歓声があがった。

控室から十五人のスターズガールが走り出て、一塁と三塁のスタンド前にわかれて並ぶ。そして、音楽に合わせてリズミカルに踊りはじめた。

猫耳のカチューシャもかわいらしく、両手を猫のように軽く握って曲げている。腰をくねらせながらステップを踏み、スタンドに向かって笑顔を振りまく。観客のなかにはノリノリで踊り出す者もいるほどだ。

拓己はカメラを構えて、由菜が踊っている三塁側にまわっていた。

(いいぞ、由菜ちゃん、がんばれ)

心のなかで応援しながら撮影する。

由菜が満面の笑みで、ねこねこダンスを全力で踊っているのだ。彼女の日々の努力を知っているだけに、胸にこみあげてくるものがある。ほかのメンバーと遜色《そんしょく》のないダンスを披露しているのが、なによりうれしい。

（あんなに一所懸命、練習してたんだもんな）

本当によかったと心から思う。

本格的にダンスを習ってきたメンバーが多いなかで、よくがんばっている。こうして撮影していても、由菜のダンスはまったく見劣りしていなかった。

由菜のかわいい姿をたくさん撮影して、ファンに届けるつもりだ。ほかのメンバーも均等に撮影しなければならないが、由菜は登場回数が少ないので今日くらいは構わないだろう。

（俺がいちばんのファンなんだ）

拓己もねこねこダンスを踊りたくなるほど浮かれていた。

由菜が練習に取り組む真剣な姿を見ることで、拓己も仕事に対する責任感が芽生えてきた。こうして前向きに仕事ができるようになったのは由菜のおかげだ。だからこそ、いい動画を撮って応援したかった。

スターズガールのねこねこダンスによって、球場に一体感が生まれた。観客の声援を受けながら、由菜たちは手を振ってグラウンドから控室に戻っていく。

（よし、最高の動画が撮れたぞ）

拓己は手応えを感じて、心のなかでつぶやいた。

スターズガールのねこねこダンス効果で、球団公式チャンネルの動画再生回数が過去最高を記録している。新しい動画をアップするたびアクセスが集中しており、登録者数も飛躍的にアップしていた。

スターズガールがダンスパフォーマンスを披露するのは本拠地だけだが、新潟スターズをPRするイベントに招かれることも多くなっている。ラジオやテレビの出演もあるため、ホームゲームがない日も忙しい。そのときは拓己もいっしょに行って撮影するのだが、ファンは確実に増えていた。

県内ではアイドル並みの人気で、サインを求められることもめずらしくない。なかにはしつこいファンもいるため、保安上の問題が出てきた。そこで拓己は動画撮影だけではなく、ボディガードの役目もすることになった。

とはいっても、おおげさなことをするわけではない。関係者とわかる男がスターズガールの近くに立っているだけで抑止力になる。ファンが近づいてきたときだけ、拓己が間に入って遮《さえぎ》るだけでよかった。

五回終了時のグランド整備の間にも、スターズガールはダンスパフォーマンスを披露した。

試合のほうは、新潟スターズが九回裏に劇的な逆転勝ちをした。三番打者の鳴海《なるみ》一《かず》斗《と》のサヨナラホームランが飛び出したのだ。

（試合も勝ったし、今日はいい日だな）

拓己は気分よくカメラをバッグにしまった。

お立ち台では一斗のヒーローインタビューが行われている。チームに密着している動画配信の班が、大喜びする一斗の姿を撮影していた。

スターズガールの担当は拓己だけだが、チームの担当者は三人いる。新潟スターズの公式チャンネルなので、チームの撮影に力が入っているのは当然だ。しかし、実際のところ、現在の再生回数を稼いでいるのはスターズガールだった。

「これからもガンガン打ちまくるんで、応援よろしく！」

一斗の声がマイクを通して球場に響きわたる。

いつものようにハイテンションで受け答えすれば、球場に残っているファンたちの間から歓声があがった。一斗は伸ばした髪を茶色に染めており、今どきの若者といったイメージだ。チャンスに強い人気選手だが、軽い感じがして拓己はなんとなく好きになれなかった。

（俺はスターズガールの担当でよかった）

お立ち台から視線をそらして、心からそう思う。

希望して球団職員になったわけではない。今は応援しているが、もともと新潟スターズの熱心なファンではなかった。もしチームの担当になっていたら、すでに会社を辞めていたかもしれなかった。

スターズガールの担当になったことで、仕事にもやりがいを持てるようになった。そして、由菜に出会えた。なにより、そのことがうれしかった。

2

拓己はグラウンドをあとにして、スターズガールの更衣室に向かう。

最近は出待ちをしているファンがいるので、ここでもボディガードの役目をしなければならない。タクシーで帰るメンバーは、球場の裏から乗るので心配ない。最寄りの駅まで歩くメンバーを念のため送ることになっていた。

廊下で待っていると、着替えを終えたスターズガールのメンバーたちが次々と出てくる。そのなかには由菜の姿もあった。水色のスカートにノースリーブの白いブラウスを着ている。ポニーテールをほどいて、ロングヘアを肩に垂らしてた。

（私服もいいよな……）

思わず見とれてしまう。

コスチュームも似合っているが、清楚な感じの私服も好きだった。なにより、彼女の素の姿を見られるのがうれしかった。

「では、行きましょう」

拓己はメンバーたちに声をかけて、球場の裏口から外に出る。タクシー組とはそこで別れて、残りの八人を連れて駅に向かう。

周囲を警戒して歩くが、怪しい人物は見当たらない。というより、野球を観戦して帰る人たちが多くて、熱狂的なファンを見分けることなどできなかった。駅まで十分もかからない。これだけ人がいるなら、危ないことなど起きないだろう。そう高をくくっていた。

「由菜ちゃんがいないわ」

ふいに彩花が声をあげた。

メンバーたちの隣を歩いていた拓己は、慌ててひとりひとりの顔を確認する。先ほどまでいたはずの由菜がいなくなっていた。

顔から血の気が引いていく。

注意していたつもりだが、ほんの少し目を離した隙に消えてしまった。しかも、密かに想いを寄せている由菜だ。拓己は慌てて周囲に視線をめぐらせる。すると、雑居ビルの陰に入っていく人影が見えた。

（あれか？）

拓己はとっさに走り出す。人の波をかきわけて、雑居ビルの陰に飛びこんだ。

薄暗いなかに水色のスカートと白いブラウスが見える。先ほど由菜が着ていた服に間違いない。そして、もうひとり小太りの男がいる。ジーパンにTシャツ姿で新潟スターズのキャップをかぶっていた。

由菜は雑居ビルの壁に寄りかかり、その前に男が立っている。男は手になにかを握り、それを突きつけているように見えた。

（ナイフか？）

頭で考えるより先に体が動く。拓己は思わず大声で叫びながら、男に向かって突進した。

「うおおおおッ！」

肩から思い切りぶつかり、男が呻き声を漏らして転倒する。拓己ももつれるようにして倒れこみ、側頭部をアスファルトの地面に打ちつけた。

「痛ッ……」

激痛に襲われるが、それでも由菜を守ろうとして必死だった。馬乗りになって男を押さえこみ、背後で立ちつくしている由菜を振り返る。

「由菜ちゃん、逃げて！」

大声で叫ぶと、男が呻き声をあげた。

「ううッ、ご、誤解です」

「なにが誤解だっ」

由菜を雑居ビルの陰に連れこんだのは間違いない。大切な人を危険な目に遭《あ》わせたのだから許すつもりはなかった。

「警察を呼ぶ？」

いつの間にか彩花が隣に来ていた。彩花がスマホを手にしてそう言うと、由菜が遠慮がちに口を開いた。

「そ、そこまでしなくても……」

「でも、ナイフを突きつけられてたよね？」

拓己が指摘すれば、由菜は首を小さく左右に振る。その直後、押さえつけていた男が身をよじった。

「ナ、ナイフなんて持ってない。俺はただ由菜ちゃんにサインをもらおうと思っただけだ」

必死に叫ぶ声を聞いて、男の手に視線を向ける。すると、ナイフではなくサインペンが握られていた。

「えっ……ナイフじゃないの？」

由菜を見やれば、気まずそうな顔でうなずく。

慌てていたため見間違えたらしい。てっきり由菜がナイフで脅されていると思ってしまった。

手を離すと、男は忌々《いまいま》しげに手で服を払いながら立ちあがる。そして、怒りの滲んだ目で拓己をにらみつけた。

「おまえ、どういうつもりだよ」

「す、すいません……」

勘違いで男を突き飛ばしてしまった。拓己は腰を折って謝罪するが、男の怒りは収まらない。

「腰が痛いじゃないか。救急車を呼べよ」

わざとらしく腰をさすりながら執拗にからんでくる。ナイフこそ持っていなかったが、面倒くさいファンなのは間違いない。男はここぞとばかりに拓己に詰め寄り、ついには胸ぐらをつかんできた。

「訴えてやるからな」

「ほ、本当にすいませんでした」

拓己は謝ることしかできない。

最初に声をかけるべきだったと反省するが、あのときはナイフに見えた。とっさに行動しなければ、取り返しがつかないことになると思った。

「状況を詳しく説明していただけますか」

ふいに傍《かたわ》らにいた彩花が口を開いた。

リーダーらしいきっぱりとした口調だ。腕組みをして、男のことをまっすぐ見据えている。

「俺はサインをお願いしただけだよ」

男は視線をそらすと、ぼそぼそつぶやいた。

「それで合ってる？」

彩花が由菜の顔を見て確認する。まず状況を把握してから、どうするべきか判断するつもりらしい。

「サインはお願いされましたけど……でも、その前にいきなり手をつかまれて、ビルの陰に……」

由菜は躊躇《ちゅうちょ》しながら口を開く。怯えているのか、男の顔をチラチラ見る目が潤んでいた。

「強引に連れていかれたのね」

「はい……」

消え入りそうな声でつぶやき、こっくり頷《うなず》く。よほど怖かったのか、今にも泣き出しそうな顔になっていた。

「そうなってくると、話が違ってきますね」

彩花の言葉を聞いて、男がそわそわしはじめる。反論しないところを見ると、由菜の言ったことが事実なのだろう。

「女性をビルの陰に連れこむというのは問題があると思いませんか」

「だ、だから、サインを……」

「サインならビルの陰じゃなくてもできるじゃないですか。それでも訴えるというなら、こちらも黙っていませんよ」

その一言で男は引きさがった。

ビルの陰に連れこんで、なにかを企《たくら》んでいたのかもしれない。サインをねだることなく、逃げるようにその場から立ち去った。

ようやく張りつめていた空気が緩んだ。

近寄って状況を見守っていたメンバーたちが安堵のため息を漏らす。拓己も強く握りしめていた拳から力を抜いた。

当事者の由菜は無言でうつむいている。垂れた黒髪が顔を隠しているが、肩が微かに震えていた。もしかしたら、泣いているのかもしれない。ほっとしたことで涙が溢れてしまったのではないか。

慰めてあげたいが、どんな言葉をかければいいのかわからない。拓己はなにもできない自分に苛立《いらだ》ちを覚えていた。

「拓己くん、由菜ちゃんをよろしく」

彩花が小声でささやき、ほかのメンバーを連れて去ろうとする。拓己は慌てて背後から呼びとめた。

「よろしくって、どういうことですか？」

「ショックを受けてるから、ケアしてあげて」

「ケアって、なにをすれば……」

突然そんなことを言われても困ってしまう。元気づけたい気持ちはあるが、どうすればいいのかわからなかった。

「飲みにでも行って、話を聞いてあげればいいのよ」

つまり由菜とふたりきりで飲みに行くということだ。その場面を想像するだけで緊張してしまう。

「そんなの無理ですよ」

「なに言ってるの。これもボディガードの仕事のうちよ」

彩花に言われると、そんな気がしてくる。メンバーのケアも拓己の仕事なら、拒否することはできなかった。

「わたしたちは帰るわね。駅はすぐそこだから送らなくても大丈夫よ。じゃあ、がんばって」

軽い調子で言うと、彩花はウインクをして背中を向ける。そして、メンバーを連れて歩きはじめた。

（そんな……まいったな）

拓己は困惑しながら振り返った。

背後では由菜がうつむいて肩を震わせている。なんとかして元気づけなければならなかった。

「あ、あの……月島さん？」

躊躇しながら声をかける。すると、由菜は指先で目もとを拭ってから、顔をゆっくりあげた。

（か、かわいい……）

その瞬間、拓己の全身に衝撃が走り抜けた。

涙で瞳を濡らした由菜は、いつにも増して可憐だ。庇護欲がかき立てられて、抱きしめたい衝動に駆られる。しかし、今はそんなことより、彼女の心のケアを最優先しなければならない。

「よければ、飲みに行きませんか」

思いきって切り出すと、由菜は恥ずかしげに頷いた。

「まだ、ひとりになりたくないから……」

よほど怖かったのだろう。消え入りそうな声でつぶやいた。

3

駅周辺にある飲食店はどこも混雑している。

野球観戦を終えた人たちが、そのまま流れてきたのだろう。このあたりで探すだけ無駄だ。とてもではないが入店できそうになかった。

(こうなったら、あそこしかないな)

近くに拓己の行きつけの店がある。

動画の編集で遅くなることが多いので、深夜までやっているその店によく寄っている。お世辞にもお洒落《しゃれ》な店ではないが、裏通りにあるのでそれほど混まない。当て処《あど》もなくさ迷うよりはましだろう。

「一軒だけ知ってる店があります。俺の行きつけの食堂なんだけど、そこでいいですか?」

遠慮がちに提案してみる。万が一、そこが満席だったら、タクシーか電車を使って移動するつもりだ。

「沢野さんが常連のお店なら、わたしも行ってみたいです」

由菜がそう言ってくれるので、さっそく向かうことにする。

踏切を渡った駅の裏側にある庶民的な食堂だ。定食や丼物、一品料理もあり、酒はビール、日本酒、焼酎などがそろっている。腹が減ったときはもちろんだが、一杯飲みたいときにもちょうどいい。地元の人しか来ないので、混んでいて座れないということはなかった。

「ここなんだけど……」

店の前まで来て、やはり失敗したと思う。いつもはひとりなので気にしていなかったが、よく見ると思っていた以上に小汚い食堂だ。由菜のような若くてかわいい女性を連れてくる店ではなかった。

「いい雰囲気ですね」

由菜は店の外観を見てつぶやいた。

無理をしているのかと思ったが、穏やかな微笑を浮かべている。少なくとも、いやがっている感じはしなかった。

拓己はほっと胸を撫でおろすと、彼女を店内に案内した。

カウンター席が六つに、四人がけのテーブル席が四つある。老夫婦が経営している店だ。カウンター席は埋まっているが、テーブル席は空いていた。拓己と由菜は、テーブル席で向かい合わせに座った。

「お腹は空いてますか？」

拓己はメニューを差し出しながら尋ねた。

「ごめんなさい。今はそれほど……」

由菜は申しわけなさそうにつぶやき、視線をすっと落とした。

「そ、そうですよね、すみません」

はっとして謝罪する。あんなことがあったあとで、食欲などあるはずがない。ちょっと考えればわかることなのに気づかなかった。

「気遣いが足りませんでした……すみませんでした」

そもそも彼女のケアをするために食事に誘ったのだ。これでは本末転倒もいいところだ。

「いいえ、沢野さんは悪くありません」

由菜は首を小さく左右に振ってつぶやいた。

「お酒を少し……ビールをもらってもいいですか？」

「いいですね。少し飲みましょうか」

すぐに手をあげて注文する。

ビールと枝豆、それに出汁《だし》巻き卵もいっしょに頼んだ。すると、すぐにビールとグラスがふたつ運ばれてきた。

「さっきは大変でしたね」

ビールをグラスに注ぎながら話しかける。

先ほどのことは思い出させないほうがいい気もするが、まったく触れないのも不自然だろう。

「怖かったです」

由菜はそう言って、ビールをひと口飲んだ。

「でも、沢野さんが助けてくれたから……ありがとうございました」

「い、いや、俺はなにも……」

あらたまって礼を言われると照れくさい。それに自分はおおげさに騒いで、男に体当たりしただけだ。

「わたしひとりだったら、どうなっていたかわかりません」

思い出したのか、由菜は肩をすくめて怯えた顔になる。

確かに由菜がひとりだったら、あの男は暴走していたかもしれない。そもそも雑居ビルの陰に連れこむのがおかしいのだ。サインをねだる以外に、もっとほかのことを企んでいた可能性もあった。

「俺はなにもできなかったけど、彩花さんがきっぱり言ってくれたから、あの男に関してはもう大丈夫だと思います」

拓己の言葉に由菜は小さく頷く。そして、再びグラスを口に運び、気持ちを落ち着かせるようにビールを飲んだ。

「スターズガールは大人気ですから、これからも気をつけたほうがいいですね」

「わたしなんて、まだまだなのに……どうして、わたしだったんでしょうか？」

由菜が不思議そうに首を傾げる。

どうやら、自分の魅力に気づいていないらしい。美女ぞろいのスターズガールのなかでも、由菜は飛び抜けている。毎回、踊っているわけではないが、それでもファンがチェックしているのは間違いない。

「月島さんは目立ってますから」

「わたし、よっぽど下手なんですね……」

由菜はそう言って顔をうつむかせる。

どうやら、自信を喪失しているらしい。練習についていくのがやっとで、ほかのメンバーとのレベルの違いを感じているのだろう。しかし、拓己は練習を毎日撮影しているが、それほど差はないと思っていた。

「下手ではありません。かわいいから目立ってるんですよ」

元気づけたい一心で語りかける。すると、由菜は驚いた様子で目をまるくした。

「わたしが……ですか？」

「え、ええ……」

目をまじまじと見つめられて、胸の鼓動が急激に速くなる。

「か、かわいいです」

あらためて言い直すと恥ずかしくなってしまう。

だが、大切なことなので、しっかり伝えてあげるべきだろう。そう思って、彼女の目をまっすぐ見つめ返した。

「俺は毎日練習を見ていますが、月島さんのダンスは確実に上達しています。それに、スターズガールのなかでも抜群に……か、かわいいと思います」

言い終わると同時に顔がカッと熱くなる。赤面しているのを自覚して、ますます羞恥がこみあげた。

「な、なに言ってるんですか……」

由菜の顔もリンゴのように赤くなっている。手を団扇《うちわ》のようにして、自分の顔を扇《あお》いだ。

「でも……ありがとうございます」

しばらくして、由菜が小声でぽつりとつぶやいた。

礼を言われると、ますます恥ずかしくなる。ふたりは同時にグラスのビールを飲みほした。目が合うと、思わず照れ笑いを浮かべる。ビールを一本追加すると、注文していたつまみも同時に運ばれてきた。

「とにかく、気をつけましょう」

拓己が告げると、由菜は静かに頷いた。ビールをふたりのグラスに注ぎ、再びグッと飲んだ。

「いつも沢野さんが守ってくれるわけではないですから、自分でも気をつけます」

その言葉を聞いて、拓己の胸は締めつけられる。

できることなら、毎日でも守ってあげたい。しかし、自分は撮影担当兼ボディガードにすぎない。二十四時間、彼女のそばにいられるわけではなかった。

(俺にできることなんて……)

拓己は己《おのれ》の無力さを実感して奥歯を強く噛んだ。

できることは限られている。せめて自分の目が届く場所では、彼女を守り抜くと心に誓った。

「ところで、月島さんのプロフィールによると、ダンスを習っていたのは子供のころだけとなっていますが、どうしてやめてしまったんですか」

素朴な疑問をぶつけてみる。

スターズガールに所属しているのは、ダンスが好きな女性ばかりだ。プロダンサーを目指している人もいるなかで、由菜は趣味でやっていただけだという。それでもオーディションを通過したのだから、めずらしいケースだった。

「家の方針で勉強を優先しなければならなかったんです。習っていたダンスも辞めさせられて、それで趣味で踊っていたんです」

　由菜は少し言いにくそうに告白した。

　どうやら、厳格な家庭で育ったらしい。それを聞いて納得する。由菜は姿勢がよくて所作も美しい。挨拶もきちんとできるしっかりした女性だ。きっと両親は躾《しつけ》にも厳しかったのだろう。

「でも、後悔したくなかったんです。やっぱりダンスが踊りたかったんです。大学生になって、親もうるさく言わなくなりました。だから、思いきってスターズガールのオーディションを受けたんです」

「そうだったんですか」

「でも、はじめて受けた去年は落ちてしまいました。それで猛練習して、今年やっと受かったんです」

　大学一年のときもオーディションを受けて落選したという。そして、悔しさをバネにしてがんばったらしい。見た目はかわいらしいのに、根性は座っている。負けず嫌いの努力家なのだろう。

「すごいですね。年下だけど尊敬します」

拓己は思いを素直に口にした。

「そんな、わたしなんて全然……ごめんなさい、自分のことばっかり話して」

由菜の顔が急激に赤くなる。褒められて恥ずかしくなったのか、ごまかすようにビールを飲んだ。

「今度はわたしからも聞いていいですか」

「どうぞ、なんでも聞いてください」

「さっきなんですけど……名前で呼んでくれましたよね」

由菜は逡巡してから小声でつぶやいた。

いったい、いつのことを言っているのだろうか。拓己は意味がわからず、彼女の顔を見つめ返した。

「わたしを助けてくれたときです。沢野さん、わたしのことを由菜ちゃんって呼んだんですよ」

「あっ……」

そう言われてはっとする。

あのときは必死だった。いつも心のなかで「由菜ちゃん」と呼んでいるため、その癖が反射的に出てしまったのかもしれない。

「す、すみません……」

慌てて頭をさげて謝罪する。

なれなれしく名前で呼ばれて、いやな気持ちになったのではないか。しかし、謝ったところで、なかったことにはできない。嫌われたのではないかと思って、彼女の顔を見ることができなくなった。

「謝らないでください」

やさしげな声が耳に流れこんだ。

恐るおそる顔をあげると、由菜と視線が重なった。気を悪くした様子もなく、にっこり微笑んでいた。

「名前で呼んでもらえて、うれしかったです」

「ほ、本当ですか？」

「はい。だって、沢野さんはわたしの命の恩人じゃないですか。それなのに名字で呼ぶなんて、よそよそしいです」

「い、いや、そんなおおげさな……俺はサインペンを持っている男に体当たりしただけです」

自分で言っていて恥ずかしくなってしまう。ナイフとサインペンを間違えて必死になるとは、今にして思うと滑稽な話だ。

「でも、あのときはナイフだと思ったんですよね」

「そうですけど……」

「それなのに助けてくれたなんて、感激しちゃいました。これからも名前で呼んでください」

由菜の瞳がうるうる潤んでいる。

そんな顔で見つめられると、言葉につまってしまう。拓己は緊張のあまり、ビールばかり飲んでいた。

「じつは、わたし……辞めようと思ったことがあるんです」

「えっ、どうして？」

「練習についていけなくて、落ちこんで……」

思っていた以上に本人は悩んでいたらしい。厳しいオーディションを通過したにもかかわらず、辞めることまで考えていたとは驚きだ。

「でも、沢野さんが来るようになって、わたしもがんばろうって思ったんです」

「俺が関係あるんですか？」

「急な異動で大変そうに見えました。それでも、がんばっている姿を見て、わたしも挫けちゃいけないって自分に言い聞かせたんです」

意外な告白だった。

拓己が由菜の努力している姿に刺激されたように、由菜は拓己のことを見ていたらしい。まさか互いに影響されていたとは思いもしなかった。

距離が一気に縮まった気がする。酔いがまわってきたこともあり、拓己の緊張もとけてきた。さらにビールを追加して、あれこれ雑談を交わして盛りあがった。柔らかな笑みを浮かべる由菜は、あの男のことなど忘れたように見えた。

「もう、こんな時間か」

楽しい時間はあっという間にすぎてしまう。

すでに時刻は午後十一時をまわっている。由菜は明日も練習があるので、もう帰って休んだほうがいいだろう。

「そろそろ帰りましょうか」

拓己が切り出すと、由菜の顔から笑みが消えた。そして、そのままむっつり黙りこんでしまう。

「由菜ちゃん？」

どうしたのかと思いながら、恐るおそる語りかける。なにか気に障《さわ》ることでも言ってしまったのだろうか。

「まだ帰りたくないです」

由菜が小声でつぶやいた。

上目遣《うわめづか》いに拓己の顔を見つめて、頬をほんのり赤く染めている。まさか由菜がそんなことを言うとは思いもしなかった。

「せっかく、沢野さんと仲よくなったから……」

恥ずかしげな表情にドキリとする。

あの男の恐怖がまだ消えていないのかもしれない。それでも、由菜がいっしょにいたいと思ってくれたのは確かだ。

「できれば、もう少しいっしょに……」

まさか由菜がそんなことを言ってくれるとは思いもしなかった。

願ってもない展開だが、突然のことで焦ってしまう。とっさにスターズガールの規則を思い浮かべた。スターズガールと新潟スターズに所属している選手の交際は禁止されている。あくまでも応援するのが仕事なので、選手と個人的に親しくするのは許されていなかった。

しかし、球団職員との交際に関しては、とくに言及されていない。拓己と個人的に親しくなったとしても、由菜に迷惑をかけることはないはずだ。それなら、この機会を逃す手はなかった。

「お、俺も……まだ、いっしょにいたいです」

拓己も勢いのまま口走る。

きっと、こういうときは男から誘うものだ。由菜は顔をまっ赤に染めている。拓己もなにか言わなければと、懸命に頭を振り絞った。

「ゆ、ゆっくりできるところに行きませんか」

拓己は勇気を出して誘ってみた。

これまで女性に告白したことは一度もなく、言葉を交わすのも苦手だった。それなのに片想いをしていた由菜を誘うとは、自分で自分が信じられない。由菜の返事を待つ間、胸の鼓動がどんどん速くなる。

「は、はい……」

消え入りそうな声だった。

由菜がこっくり頷くのを見て、拓己はテーブルの下で思わず拳を握りしめた。夢にまで見たことが、今まさに現実になろうとしているのだ。できることなら大声で叫びたい気分だった。

会計をすませて食堂を出ると、ふたりは並んで歩き出す。拓己と由菜の距離は、肩が触れそうなほど近かった。

駅の裏通りを進んでいくと、やがてピンクやパープルの看板が現れる。食堂をよく利用しているので、ここにホテル街があることを知っていた。しかし、自分には縁のない場所だと思っていた。

緊張で喉がカラカラに渇いている。

由菜も緊張しているのか、それとも恥ずかしいのか、ずっとうつむいたままだ。そんな彼女が愛《いと》おしくて、抱きしめたい衝動がこみあげた。

(あ、焦るな……まだダメだ)

心のなかで自分に言い聞かせる。

ホテルに入る前に男が焦り、女性を怒らせてしまったという失敗談を聞いたことがある。それを思い出すと慎重になり、手を握ることもできなかった。

4

(つ、ついに……由菜ちゃんと……)

拓己はラブホテルの一室に立っていた。緊張しながらも、なんとか彼女とラブホテルに入ることができた。

狭い室内のほとんどをダブルベッドが占めており、艶めかしいショッキングピンクの照明が降り注いでいる。隣に立っている由菜は恥ずかしげにうつむいたまま、口を開こうとしなかった。

(こ、こういうときは、男から……)

なにか言わなければならない。

そう思えば思うほど、頭になにも浮かばなくなってしまう。なにしろラブホテルに入るのは、これがはじめてだ。セックスも一度しか経験がないのに、女性をリードするのは至難の業《わざ》だった。

（で、でも、俺がなんとかしないと……）

ダブルベッドを見ていると、緊張がどんどん高まっていく。それでも拓己は勇気を振り絞って口を開いた。

「ゆ、由菜ちゃん……」

声をかけるが由菜は反応しなかった。

極度の緊張で拓己の声が聞こえていないのか、あるいは言葉を返す余裕すらないのかもしれない。

隣をチラリと見やれば、由菜はうつむいたまま頬をこわばらせている。あまり経験がないのか、もしくはヴァージンの可能性もある。そうだとしたら、より慎重に接しなければならない。

（俺も、一度しか経験がないけど……）

拓己は迷ったすえ、由菜の手をそっとつかんだ。

とたんに女体がビクッと震える。そして、由菜は恐るおそるといった感じで顔をあげた。

「さ、沢野さん……」

かすれた声でつぶやき、濡れた瞳で見つめてくる。

由菜のせつなげな表情を目にして、拓己の胸のうちでこれまでにない感情が一気にふくれあがった。守ってあげたい気持ちと同時に、牡の欲望が抑えられないほど大きくなっている。

(もう、俺……)

なにも考えられない。拓己はほとんど無意識のうちに、由菜のくびれた腰に手をまわしていた。

「あ、あの……」

消え入りそうな声だった。

なぜか由菜は今にも泣き出しそうな顔になっている。なにごとかと思い、拓己は腰に手をまわしたまま動きをとめた。

「じつは……まだキスもしたことないんです」

言いにくそうにつぶやき、拓己の顔を上目遣いに見つめる。

キスの経験がないということは、おそらくヴァージンなのだろう。なんとなく予想していたので、それほど驚きはない。それより、由菜の申しわけなさそうな表情が気になった。

「いやじゃないですか？」

「どうしてですか？」

拓己は即座に聞き返した。

女性が無垢《むく》であることをいやがる男がいるのだろうか。彼女がなにを気にしているのか、まったくわからなかった。

「だって、重いじゃないですか……」

そのひと言で、ようやく由菜の気持ちが理解できた。

おそらく、由菜は厳格な家庭で育っている。そのため貞操観念がしっかりしているのだろう。だが、本人はそれがコンプレックスになっていたのかもしれない。ヴァージンを重く感じているのは彼女自身だ。

「気にしなくていいと思いますよ。少なくとも、俺は気になりません」

拓己がきっぱり言うと、由菜は微かに頷いた。

至近距離で言葉を交わしているうちに、ますます想いがふくらんでいく。腰に添えていた手に力をこめて、彼女の身体をグッと引き寄せた。

「あっ……」

由菜は小さな声を漏らすが、いっさい抵抗しない。だから、拓己はしっかり抱きしめて、いきなり唇を重ねていった。

「ンっ……」

唇の表面が触れた瞬間、由菜は肩をすくめて睫毛《まつげ》をそっと伏せる。極度の緊張状態なのだろう。全身が凍りついたように硬直していた。

（俺、由菜ちゃんと……）

緊張しているのは拓己も同じだ。

自分が由菜のファーストキスの相手になった。今まさに由菜とキスをしている。信じられないことが現実になっているのだ。意識すればするほど、急激にテンションがあがっていく。

由菜の唇は蕩けてしまいそうなほど柔らかい。彩花の唇も柔らかかったが、由菜はそれ以上だ。乱暴に扱うと壊れてしまいそうで、拓己はできるだけ力を抜いてキスをした。

しかし、自分からキスをするのは今回がはじめてだ。唇の表面が触れているが、この先、どうすればいいのかわからない。

（確か、彩花さんのときは……）

懸命にファーストキスを思い出す。

あのときは、彩花が唇をそっと舐めてくれた。それから舌を入れてきて、ディープキスに発展したのだ。

（よ、よし……）

拓己は意を決すると、遠慮がちに舌を伸ばした。

柔らかい唇の表面をそっとなぞれば、由菜の身体がピクッと反応する。拓己は両手を彼女の腰に添えて、閉じた唇の境目を慎重に舐めつづけた。

舌先を左右にゆっくり動かしながらディープキスの機会を探る。しかし、由菜は緊張のためか身を固くしており、唇はなかなか緩まない。拓己も経験が浅いので、だんだん焦《じ》れてしまう。思わず彼女の腰をグッと引き寄せると、その拍子に由菜の唇がわずかに緩んだ。

（今だ……）

すかさず舌を唇の隙間に滑りこませる。ヌルリという感触があり、一気に興奮がふくれあがった。

「ンンっ」

由菜が鼻にかかった声を漏らす。

困惑しているのか、微かに身をよじった。それでも唇を振りほどいたりはせず、されるがままになっていた。

拓己は舌をゆっくり動かして、歯茎を舐めながら頬の内側へと潜りこませる。粘膜と唾液でヌルヌルする感触がたまらない。自然と舌の動きが大胆になり、由菜の口内を舐めまわす。

ボクサーブリーフのなかのペニスが反応して、急速にふくれあがっていく。スラックスの前が盛りあがり、瞬《またた》く間にテントを張った。

「はンっ……」

硬くなった股間が下腹部に触れて、由菜が驚いたように腰を引く。しかし、拓己は彼女の後頭部に右手をまわすと、ディープキスを継続した。

(由菜ちゃん……)

心のなかで呼びかけながら、舌をより深く侵入させる。奥で縮こまっていた舌をからめとり、唾液ごとジュルジュル吸いあげた。

「ああンっ」

由菜は甘い声を漏らすだけで、されるがままになっている。両手を拓己の胸板に添えているが、力はまったく入っていなかった。

柔らかい舌を吸いあげるほどに気持ちが昂《たかぶ》り、欲望を抑えられなくなってきた。

拓己はディープキスをしながら女体をダブルベッドに押し倒す。由菜が仰《あお》向《む》けになり、拓己が覆いかぶさる格好だ。その状態で彼女の口のなかを舐めまわして、舌を執拗に吸いつづけた。

「ンンっ、さ、沢野さん……」

唇を離すと、由菜が困惑の声を漏らす。濡れた瞳で見つめられて、拓己の欲望はいよいよ抑えられないほどふくらんだ。

5

「お、俺に、まかせて……」

拓己は由菜の瞳を見つめ返して語りかけた。

だが、本当はまったく自信がない。それでも安心させようとして語りかける。そして、ブラウスの乳房のふくらみに手のひらを重ねた。

「あっ……」

由菜は小さな声を漏らすが、睫毛を静かに伏せている。身を委《ゆだ》ねる覚悟ができているのだろうか。

(ほ、本当にいいのか?)

ここまでやっておきながら、いまだにこの状況が信じられない。胸に不安がこみあげるが、それでも拓己はブラウスごしに乳房をゆったり揉んだ。

ブラジャーのカップが邪魔をしているため、乳房の感触はわからない。それでも由菜に触れていると思うと、テンションがあがっていく。ペニスがこれ以上ないほど勃起して、ボクサーブリーフのなかで我慢汁をこぼしていた。

由菜は目を閉じたまま、じっとしている。

ブラウスごしに乳房を揉まれて、羞恥がこみあげているのかもしれない。下唇を小さく嚙んで、身体の両脇に置いた手でシーツをキュッとつかんでいた。

そんな由菜の健気《けなげ》な姿が、拓己の欲望をますます煽《あお》り立てる。ブラジャーの硬いカップがもどかしくて、ついつい手に力が入ってしまう。もう服の上から触れているだけでは満足できなかった。

（い、いいんだよな？）

不安はあるが、欲望のほうが勝っている。拓己は震える指を伸ばすと、ブラウスのボタンを上から順にはずしていく。

やがてブラウスの前がはらりと開き、純白のブラジャーが見えてくる。縁にレースがあしらわれている、かわいらしくも色っぽいデザインだ。大きな双つのふくらみがカップで寄せられており、白い谷間を作っていた。

由菜は目を強く閉じて、赤く染まった顔を横に向けている。下着姿を男に見られるのは、きっとこれがはじめてなのだろう。羞恥に耐えるように、全身の筋肉を硬直させていた。

（さ、触るよ……）

ブラウスのボタンをすべてはずすと、カップごと乳房を揉みあげる。指先が乳肉に触れて、柔らかさが伝わってきた。

（でも、どうせなら……）

じかに触ってみたい。ブラジャーを取り払い、ナマの乳房を見たかった。

女体を抱くようにして、両手を背中とシーツの間に滑りこませる。由菜は身を固くしたまま抵抗しない。拓己がなにをしようとしているのかわかっているはずだ。それなのに、由菜はただじっとしているのだ。

許可がおりたと思っていいのではないか。拓己は緊張しながら指先をブラジャーのホックにかけた。ところが、ホックはなかなかはずれてくれない。話には聞いたことがあるが、実際にやってみると確かにむずかしかった。

（どうなってるんだ？）

時間がかかると白けてしまいそうだ。由菜に呆れられることを想像すると、額に汗が滲んでいく。

必死に指先を動かしつづける。すると、ようやくホックがはずれる感触があり、乳房の弾力でカップがフワッと浮きあがった。ブラジャーを奪い取れば、解放された双つの乳房がタプンッと揺れた。

（こ、これが……）

　拓己は思わず両目をカッと見開き、貪《むさぼ》るように隅々まで眺めまわす。

　乳房は白くて大きく、なにより瑞々《みずみず》しい。ブラジャーがなくても横に流れることなく、見事な張りを保っている。先端で揺れる乳首はミルキーピンクで、小さな乳輪も同じ色だった。

「は、恥ずかしいです」

　由菜が小声でつぶやき、両手で乳房を覆い隠してしまう。

　ヴァージンの彼女にとって、身体を見られるのは耐えがたい羞恥なのだろう。しかし、そうやって手のひらで乳房を隠す仕草は、なおさら牡の欲望を煽ってしまう。瞳を潤ませて恥じらう姿が、獣欲を猛烈に刺激するのだ。

「み、見せてください」

　拓己は彼女の手首をつかむと引き剝《は》がしにかかる。すると、由菜はそれほど抗うことなく素直に従った。

　再び乳房が露になる。手で押さえていたため、解き放たれたことでプルルンッと大きく揺れた。まるで大きなプリンのように波打っている。それでいながら張りがあって、乳首はツンと上を向いていた。

「お、お願いです……あんまり、見ないでください」

由菜が震える声で懇願する。

拓己は小さく頷くが、乳房から目をそらすことができない。それどころか、前のめりになって凝視していた。

(由菜ちゃんの、お、おっぱい……)

考えれば考えるほど興奮する。

裸体を想像したことは一度や二度ではない。だが、まさか実際に由菜の乳房を拝める日が来るとは思いもしなかった。

恐るおそる両手を伸ばして乳房に重ねる。手のひらが触れた瞬間、由菜の身体に力が入るのがわかった。そのままゆったり揉みあげる。指先が柔肉に沈みこみ、蕩けそうな感触がひろがった。

(す、すごい……すごいぞ)

思わず心のなかで唸っていた。

双つの乳房は想像以上に柔らかい。しかし、指先はどこまでも沈んでいくのに、ただ柔らかいだけではない。指を押し返してくる弾力も感じる。試しに指を離してみると、即座に張りつめてプルンッと揺れた。

由菜は羞恥に耐えるように目を強く閉じている。腹の上で両手を交差させて、ただじっとしていた。

乳房を何度も揉みあげると、指先を頂《いただき》に向かって滑らせる。柔肌の表面を撫でながら、はやる気持ちを懸命に抑えて先端を目指す。そして、ついに双つの乳首をそっと摘まみあげた。

「ああっ……」

由菜の唇から甘い声が漏れて、まるで感電したように女体が震える。乳首を刺激されたことで、声を抑えられなくなったらしい。慌てて両手で自分の口を押さえるが、指先で乳首を転がすたびに反応する。

「あっ……あっ……」

手の下から切れぎれの声が漏れている。女体も震えており、感じているのは明らかだ。その証拠に指で摘まんでいる乳首が硬くなっていた。

(あの由菜ちゃんが、こんなに……)

敏感に感じてくれるから、自然と愛撫に熱が入る。硬くなった乳首を指先で転がしつづけて、ときおり少しだけ力を入れてキュッと摘まんだ。

「あンンっ、そ、そんな……」

由菜が訴えるような瞳を向ける。

しかし、いやがっているわけではないようだ。感じてしまうことにとまどっているのではないか。キスをしたこともなかったのだから、おそらくこれがはじめての愛撫だろう。呼吸が乱れており、腰を右に左にくねらせていた。

（そろそろ、いいかな……）

拓己は右手を彼女の下半身に伸ばしていく。

スカートをじわじわ引きあげると、やがて白い太腿が露になる。ストッキングを穿いていないナマ脚だ。チアリーディングの練習をしているので、健康的に引き締まっている。しかも肌のきめが細かく、染みがひとつもなかった。

さらにスカートを引きあげると、純白のパンティが露になる。

内腿をぴったり閉じており、少し盛りあがった恥丘に白い布地が貼りついているのだ。由菜が羞恥に震えているのも、牡の欲望を刺激する。このパンティのなかに、まだ誰も触れたことのない部分が隠されていると思うと気持ちがはやった。

「ま、待ってください」

パンティに指をかけると、由菜が声をあげた。

だが、拓己はもうとまることができない。そのままパンティを引きさげると、一気につま先から抜き取った。

「ああっ」

由菜の唇から再び声があがる。慌てて両手で股間を覆うが、その寸前に拓己の目はしっかり恥丘を捕らえていた。

股間を彩《いろど》る陰毛は細くてしなやかで、しかも申しわけ程度にしか生えていない。手入れをする必要がないほど薄かった。そのため白い地肌と縦に走る溝まで、はっきり見えていた。

(こんなに薄いんだ……)

拓己のテンションはあがる一方だ。

清楚な由菜らしい、うっすらとした陰毛に納得する。彼女のイメージにぴったりで、気持ちがさらに高揚した。由菜の下半身に移動すると、勢いのまま両膝に手をかけてM字形に押し開く。

「ダ、ダメですっ」

由菜の唇から抗いの声が漏れる。それでも、拓己は彼女の股間に視線を向けた。

白い内腿が左右に大きく開いて、由菜の秘めたる部分が露呈している。二枚の陰唇は淡いピンクで形崩れがいっさいない。まるでヴァージンであることを主張するように、割れ目がしっかり閉じていた。

(これが、由菜ちゃんの……)

拓己は思わず生唾を飲みこんだ。

清楚な割れ目を目にして、ペニスは激しく屹立している。ボクサーブリーフのなかで大量の我慢汁を振りまいていた。

「見ちゃいやです」

由菜はすぐに両手で股間を隠す。ところが、そうやって恥じらうほどに、拓己の獣欲は刺激される。

「み、見ないから……」

どうしても触れてみたい。股間を覆っている彼女の手はそのままにして、脇から指を潜りこませる。すると、指先に柔らかいものが確かに触れた。

(こ、これは……)

もしやと思いながら指をそっと動かしてみる。すると、わずかに触れているものがフニャフニャと形を変えるのがわかった。

「はンンっ……」

由菜がとまどいの声を漏らして、眉をせつなげな八の字に歪める。

そんな彼女の反応から、指先に触れているものが陰唇だと確信した。慎重に表面を撫でまわすと、やがてヌルリとした感触が指先に伝わった。

(濡れてる……由菜ちゃんが濡らしてるんだ)

そう思うことで、興奮が一気に限界近くまでふくれあがる。

さらに指先を動かせば、陰唇の合わせ目がわかった。その溝に沿って、指先を何度も往復させる。すると、とろみのある汁がじんわり溢れ出した。

「ダ、ダメです……ンンっ」

由菜は両手で必死に股間を隠して、抗いの声を漏らしている。

しかし、本気でいやがっているわけではなく、はじめての感覚にとまどっているだけではないか。その証拠に拓己の手を振り払おうとすればできるのに、そうすることはなかった。

だから、拓己は彼女の手の隙間に指をねじこみ、濡れた陰唇をいじりつづける。愛蜜でトロトロになったところを撫でれば、由菜の反応はさらに大きくなった。

「あンンっ……ゆ、許してください」

か細い声で懇願されると、拓己の欲望はますますふくれあがる。もう指で触れているだけでは我慢できなくなってきた。

「お、俺、もうっ」

今すぐひとつになりたい。由菜とひとつになりたい。

ペニスはこれ以上ないほど勃起している。興奮にまかせて服を脱ぎ捨てようとしたとき、由菜が慌てて上半身を起こした。

「お、お願いです。待ってください」

まくれあがっていたスカートを戻して股間を隠す。そして、懇願するような瞳を拓己に向けた。

「どうして……」

拒絶された気がして悲しくなる。拓己はショックを受けて思わず声を震わせた。

「違うんです。いやなわけじゃなくて……」

由菜が弁解するように口を開く。拓己の落ちこみ具合を目の当たりにして、慌てているようだ。

「あの……先にシャワーを浴びさせてください」

由菜は自分の身体を抱きしめながら、ささやくような声でつぶやいた。

それを聞いて、はっとする。自分のことしか考えていなかった。由菜への気遣いが決定的に欠けていた。

「すみません。俺、自分のことばっかりで……」

「いえ……シャワーを浴びてきますね」

由菜は恥ずかしげに微笑むと、ベッドからおりてバスルームに向かった。

6

拓己はベッドに腰かけて、そわそわしながら由菜がバスルームから戻るのを待っていた。

今のうちに服を脱いでおこうか迷ったが、いきなり裸になっていたら由菜を驚かせてしまうかもしれない。それに、がっついていると思われるのがいやだった。セックスしたくてたまらないのは事実だが、決して彼女の身体が目当てではない。勘違いされたくなかった。

とりあえずジャケットを脱いで、ネクタイだけほどいておく。これから起きることを想像して、期待に胸がふくらんだ。なんとか気持ちを落ち着かせようと、スマホでネットのニュースをチェックする。新潟スターズがサヨナラ勝ちした記事を読み、思わず大きく頷いた。

(今夜は由菜ちゃんも踊ったんだよな)

思い出すだけで、顔がにやけてしまう。

猫耳のカチューシャをつけた由菜は抜群にかわいかった。しっかり撮影したので編集するのが楽しみだった。

(それにしても遅いな……)

拓己は時計を見やり、心のなかでつぶやいた。

由菜がバスルームに向かってから、ずいぶん経っている。女性のシャワーは長そうだが、こんなに時間がかかるものだろうか。もうすぐ一時間になるが、なにかあったのではないか。さすがに心配になり、ベッドから立ちあがった。

バスルームのドアに歩み寄る。ところが、シャワーの音が聞こえない。ドアの向こうは静まり返っていた。

（なんか、おかしいな……）

不思議に思ってドアをノックする。しかし、返事はない。もう一度、ノックするが結果は同じだった。

「由菜ちゃん、大丈夫？」

声をかけてみるが、ドアの向こうからは物音ひとつ聞こえない。いやな予感がこみあげて、胸にひろがっていく。

（もしかして、倒れてるんじゃ……）

そう考えると、居ても立ってもいられなくなる。拓己は慌ててドアを開け放ち、バスルームに足を踏み入れた。

「えっ……」

拓己は思わず小さな声を漏らして立ちつくす。

目の前には予想外の光景が広がっていた。由菜はバスタブのなかに座りこみ、静かに目を閉じている。お湯が少なめに張ってあり、半身浴の状態だ。黒髪はしっかりアップにまとめてある。倒れたわけではなく、湯に浸かっているうちに寝落ちしてしまったらしい。

（よっぽど疲れてたんだな……）

不安が安堵にかわり、全身から力が抜けていく。まさかバスタブで寝ているとは思いもしなかった。

毎日の練習だけではなく、ねこねこダンスでブレイクして、スターズガールは各地のイベントに呼ばれることも増えている。普通の女子大生だった由菜は、生活の変化についていくのがやっとなのだろう。

しかも、今夜は熱狂的なファンにつきまとわれて、さらにビールも飲んでいる。疲れが一気に出てしまったに違いない。

「ベッドに行きましょう」

拓己は声をかけながら、由菜の手を引いてバスタブのなかで立ちあがらせる。そして、濡れた裸体にバスタオルを巻きつけた。

「んん……」

由菜は微かに呻くだけで目も開けない。疲労がピークに達しているのか、完全に眠っていた。

拓己は由菜を横抱きにしてベッドに運んだ。

そっと横たえて身体を拭くと、毛布をかける。今夜はこのまま寝かせてあげるつもりだ。セックスできなかったのは残念だが仕方ない。拓己は誰よりも由菜のことを応援していろ。また元気にねこねこダンスを踊っているところを見たかった。

（由菜ちゃん、おやすみ）

心のなかでささやくと、拓己も隣で横たわる。

由菜の寝顔を見たせいか、不思議と穏やかな気持ちだ。ペニスはいきり勃ったままだが、今夜は我慢するしかない。ふたりの気持ちが同じなら、いつかまたチャンスが訪れると信じていた。

第三章　熟女コスプレに魅せられて

1

「あれ……えっ、どうして？」

由菜の声が聞こえる。ひどく慌てているようだ。

(そうか、ここはホテルだったよな)

拓己は眠りの底から意識が少しずつ覚醒するのを感じていた。

それと同時に昨夜のことを思い出す。バスタブのなかで眠っていた由菜をベッドに運び、拓己も隣で横になった。最初はなかなか寝つけず、悶々としていた。だが、何度も寝返りを打っているうちに、いつの間にか眠ったようだ。

「ううん……」

横になったまま伸びをして目を開ける。すると、隣で横になっている由菜と目が合った。

「おはよう」

「お、おはようございます」

拓己が声をかけると、由菜は小声で挨拶を返してくれる。だが、動揺しているのは明らかだった。

「さ、沢野さん……昨夜、わたし……」

どうやら状況を把握できていないらしい。毛布を顎の下まで引きあげて裸体を隠しながら、拓己の顔を見つめていた。

「どこまで覚えてますか？」

「シャワーを浴びようとして、バスルームに行ったのは覚えています。でも、そこから先は……」

「バスタブで寝ていたからベッドに運びました」

拓己が告げると、由菜の顔は見るみるまっ赤に染まっていく。そして、毛布を引きあげて、口もとまで覆い隠した。

「やだ、わたし……なんにも覚えていません」

「指一本触れていませんよ。あっ、いや、運ぶときは触れましたけど、そういう意味じゃなくて……誓って、なにもしていません」

おかしな誤解されないように、きっぱり伝える。すると、由菜は首を小さく左右に振った。

「沢野さんのことは信用しています。ただ申しわけなくて……本当にごめんなさい」

「そんな、謝らないでください」

期待していたので、がっかりしたのは事実だ。しかし、だからといって彼女に悪気がないのもわかっていた。

「よっぽど疲れていたんですね。毎日、あんなにハードな練習をしているのだから当然ですよ」

「確かに練習はきついですけど、みんなやっていることですから」

由菜はそう言いながら、ヘッドボードの時計に視線を向ける。その直後、慌てた様子で跳ね起きた。

「いけない、もうこんな時間だわ」

時刻は午前十時になるところだ。いつも練習は午後からなのに、どうしてそんなに慌てているのだろうか。

「まだ十時前ですよ」

「今日は十時から、ねこねこダンスの特訓をすることになってるんです」

由菜が慌てて服を身につけはじめる。

「そんな話、聞いてないですよ」

拓己も飛び起きて、身なりを整えていく。

スターズガールに密着して撮影を担当している関係で、拓己はすべてのスケジュールが伝えられていた。しかし、今朝の特訓の話は聞いていなかった。

「昨日の試合のあと、急に決まったんです。ダンスが合っていなかったから特訓するって、更衣室で彩花さんが言い出して……どうしよう」

由菜は今にも泣き出しそうな顔になっている。

チアリーディングチームは表向き華やかに見えるが、礼儀や時間に関してはどこも厳しいという。なかでも彩花は厳格なリーダーだ。よほどの理由がなければ遅刻を許すはずがなかった。

「とにかく、急いで向かいましょう」

ふたりはホテルを出ると、すぐにタクシーを拾って球場に急行した。

球場に到着すると由菜は更衣室でコスチュームに着替える。拓己はいったん事務所に寄ってカメラを準備した。

拓己がグラウンドに出ると、すでに練習がはじまっていた。

時刻は午前十時十五分になったところだ。軽快に踊るメンバーのなかに、由菜の姿は見当たらない。不安になるが、とにかくバッグからカメラを取り出して三脚にセットした。

撮影を開始しようとしたとき、視界の隅に人影が映った。

由菜がひとりで立ちつくしている。遅刻したため、練習に加えてもらうことができなかったらしい。溢れる涙をこらえきれず、指先で何度も拭っていた。

（由菜ちゃん……）

拓己は責任を感じて、胸が苦しくなってしまう。

練習は午後からだと思いこんでいた。朝何時に起きればいいのか、昨夜のうちに確認しておくべきだった。

立ちつくしている由菜を撮影するわけにもいかず、練習中のメンバーにカメラを向ける。ねこねこダンスを踊っているが、由菜がいないと虚《むな》しいだけだ。集中力を欠いて、なんとなく撮影しているだけになっていた。

昼の休憩時間になり、拓己は由菜のもとに向かう。すると、由菜は彩花に話しかけているところだった。

「すみませんでした」

遅刻したことを謝っているのだろう。腰を九十度に折り、頭を深々とさげる。痛々しい姿を目にして、拓己もいっしょに謝りたくなった。

「遅れたのは由菜ちゃんだけよ。やる気がないのなら、いつでも辞めてもらって構わないわ」

彩花が厳しく言い放つ。実際、由菜は踊ることが許されなかった。二時間近く、ただ見ているだけだった。

「やらせてください。お願いします」

由菜は目に涙を浮かべて頭をさげる。必死に食いさがり、リーダーの許しを得ようとしていた。

「午後の練習は参加していいけど、ねこねこダンスのメンバーからは、はずれてもらうわ」

彩花は抑揚のない声で告げると、バックヤードに戻っていった。

残された由菜は肩を落として涙を拭っている。悲しみに暮れる姿は、声をかけるのをためらうほどだった。

「俺のせいで、本当にすみません」

拓己は迷ったすえに、歩み寄って語りかける。しかし、由菜は首を左右に振るだけで、顔さえ見てくれなかった。

「沢野さんのせいではありません」

ぼそぼそとつぶやく声は、これまで聞いたことがないほど暗く落ちこんでいた。

「でも、俺がちゃんと起きる時間を確認しておけば、こんなことには……」

「練習に集中したいんです」

由菜はそう言って、拓己に背中を向ける。そして、一度も振り返ることなく、バックヤードに去ってしまった。

（そんな、由菜ちゃん……）

拓己は呼びとめることもできず、ただ立ちつくしていた。

せっかく距離が縮まったと思ったのに、深い溝ができてしまった。以前よりも距離が開いて、遠い存在になった気がした。

2

翌日になっても拓己は集中力を欠いていた。

カメラを向けても、なかなかアングルが決まらない。あちこち移動するばかりで、撮影がほとんど進まなかった。

由菜は練習に参加することが許されている。

しかし、表情が硬くて笑顔が消えていた。いつもの潑溂とした感じが伝わってこない。ダンスの切れも悪く、ノッていないのは明らかだ。実際、彩花に名指しで何度も注意されていた。

夕方、練習が終わり、拓己は機材のかたづけをはじめる。その横をスターズガールたちが通り、更衣室へと戻っていく。そのなかに由菜の姿もあるが、拓己とは視線が合わなかった。

（避けられてるのかな……）

思わずため息が漏れてしまう。

練習に集中しなければならないのはわかるが、挨拶もできないのは淋しい。一度は心を通わせたと思っていただけに落胆は大きかった。

（今日の撮影もダメだったな……）

心のなかでつぶやきながら事務所に向かう。

昨日の撮影も今ひとつだった。夜遅くまで動画の編集をしたが、納得する出来にはならなかった。しかし、ファンが待っているので、二日に一度はスターズガールの動画を公式チャンネルにあげなければならない。以前に撮影した動画も使って、なんとか形にするのがやっとだった。

広報部の事務所に戻ると、何人かの社員がデスクに向かっていた。

新潟スターズは遠征中なので、動画撮影のチーム班も出張している。そのため事務所のなかは静かだった。

拓己は自分のデスクにつくと、バッグからカメラを取り出した。

確認するまでもなく、いい画《え》は撮れていないはずだ。だが、それを編集して、それなりのものに仕上げなければならない。今夜も遅くなりそうな気がした。

「沢野くん……」

ふいに声をかけられて顔をあげる。

すると、すぐ隣に広報課長の滝川香緒里《たきがわかおり》が立っていた。グレーのスーツに身を包んでおり、腰に手を当てている。顔立ちが整っていてスタイルがよく、そのうえ仕事もできるのだから非の打ちどころがなかった。

香緒里は三十六歳の人妻だ。拓己が急な異動で動画配信の担当になったときは、ずいぶん気にかけてくれた。カメラの扱いから動画の編集の仕方まで、すべて香緒里が教えてくれたのだ。

「ちょっといいかしら」

「は、はいっ」

拓己は反射的に背すじを伸ばした。

面倒見はいいが、そのぶん仕事には厳しい。一所懸命にやった結果の失敗なら注意されるだけですむが、気を抜いていると怒られる。すでに、なにかいやな予感がしていた。

「昨日アップした動画だけど、あれはよくないわね」

香緒里はきっぱり言いきった。

「スターズガールの魅力が伝わってこないわ。最近よくなったと思っていたのに、また以前の感じに戻っていたわよ」

編集でなんとかごまかしたつもりだったが、香緒里には見抜かれていた。撮影した動画自体が今ひとつなので、あれ以上は直しようがなかった。

「す、すみません」

額に汗がじんわり滲んだ。

由菜のことで落ちこみ、仕事の集中力を欠いていた。すべてを見抜かれている気がして、緊張感が高まっていく。

「今日、撮った動画を見せてちょうだい」

香緒里の声は淡々としている。拓己は急いでカメラとパソコンをつないで、撮影したばかりの動画を再生した。

モニターにスターズガールの練習風景が映し出される。

全員が収まるアングルばかりで、アップなどはほとんどない。代わり映えのしない画が延々とつづいており、撮影した拓己自身もつまらないと思う。しかも、中断している部分が何カ所もあった。

「これはどういうこと？」

香緒里の声が低くなる。怒りがこみあげているのは明らかで、目つきが鋭くなっていた。

「ろ、録画ボタンを押し忘れてしまって……」

拓己は正直に失敗したことを打ち明ける。

下手な言い逃れは通用しない。ごまかそうとすれば、よけいに怒らせてしまうことを知っている。怒鳴られることを覚悟して肩をすくめた。

「仕事に身が入っていないようね」

香緒里が呆れたようにつぶやく。それきり黙りこみ、腕組みをして拓己の顔を見おろしていた。

無言の圧力に押しつぶされてしまいそうだ。拓己がやる気を失っていることがバレているのかもしれない。静かな怒りだけが伝わってくる。これなら大声で怒鳴られたほうがましだった。

「す、すみません……」

消え入りそうな声で謝罪する。それ以外に言葉が見つからなかった。

「とりあえず、その動画を編集しておきなさい。アップするかどうかは、わたしがチェックして判断するわ」

どこか突き放したような言い方だ。

香緒里はそれだけ言うと、自分の席に戻っていく。怒りが大きすぎて、なにも言う気が起きないのかもしれなかった。

拓己は自分なりに必死で動画を編集した。

とはいえ、もとの動画がひどすぎる。過去の映像を加えたが、出来は昨日よりもさらに悪かった。

気づくと午後九時をすぎていた。

ほかの社員たちはすでに退社しており、香緒里だけが残っている。自分のデスクに向かって、パソコンのキーボードを打っていた。

拓己は立ちあがると、恐るおそる香緒里の席に向かった。

「あ、あの……編集が終わりました」

「見せて」

香緒里が席を立ち、拓己の席までやってきた。

「で、では、再生します」

緊張しながら編集した動画を再生する。香緒里はひと言も発することなく、モニターをじっと見つめていた。

「これではチャンネルにアップできないわ」

最後まで見終わると、香緒里はきっぱり言いきった。

わかりきっていたことだが、それでも落ちこんでしまう。できる限りのことをやったが、これ以上はどうしようもなかった。

「俺……クビですか?」

拓己はうなだれたまままつぶやいた。

異動になったときは、辞めたくて仕方なかった。転職先が見つかっていれば、今ごろこの会社にはいなかったはずだ。

それなのに今は残りたいと思っている。この仕事が自分に向いているかどうかはわからない。しかし、真剣に取り組んでいるうちに嫌いではなくなっていた。それというのも由菜のおかげだった。

「なにを言ってるの。クビのわけないでしょう」

「でも……」

完全に自信を喪失している。いや、そもそも自信などなかった。ようやく仕事に対して前向きになっただけだった。

「今から時間はある?」

「はい?」

「お腹空いたでしょう。ご馳走してあげる」

香緒里はそう言って帰り支度をはじめる。目でうながされて、拓己もわけがわからないまま荷物をまとめた。

3

「ここって……」

タクシーを降りると、拓己は思わずつぶやいた。

事務所を出て、球場から香緒里といっしょにタクシーに乗った。てっきり、レストランか居酒屋にでも行くのだと思っていた。ところが、到着したのはマンションの前だった。

「なにか作ってあげる。こう見えても料理は得意なのよ」

香緒里はさらりと言って、マンションのエントランスに入っていく。どうやら、自宅に案内されたらしい。まさか香緒里が言っていたご馳走が、手料理だとは思いもしなかった。

(まいったな……)

つい小さなため息が漏れてしまう。

ただでさえ上司とふたりきりだと緊張する。それが自宅となればなおさらだ。正直なところ気が重い。しかし、今さら断るわけにもいかず、香緒里のあとについていくしかなかった。

「ここよ」

エレベーターで五階にあがり、廊下を進んだ先にあるドアの前で香緒里が立ちどまる。そして、バッグから鍵を出して解錠した。

「あ、あの、旦那さんは？」

はっと気づいて遠慮がちに尋ねる。

香緒里は既婚者だ。上司の夫がいると思うと、さらに気が重くなる。今すぐにでも逃げ出したい気持ちになった。

「出張中なの。だから、遠慮しないで入って」

香緒里はそう言って先に玄関に入る。拓己はうながされるまま、彼女のあとにつづいた。

「お、お邪魔します」

革靴を脱いであがり、リビングに通される。三人掛けのソファと大きなガラステーブル、それに大画面のテレビが目についた。

「適当に座って、テレビでも見ながら待っていてね。すぐに準備するから」

香緒里はジャケットを脱いでブラウスの袖をまくると、さっそく対面キッチンに立って食事の支度に取りかかった。

（なんか、落ち着かないな……）

拓己は困惑しながらもソファに腰かけた。

ふだん料理をしないので、手伝えることはなにもない。拓己がキッチンに立ったところで邪魔をするだけだろう。

テーブルに置いてあるリモコンを手に取り、テレビをつける。とくに見たい番組はないので、なんとなくニュースにチャンネルを合わせた。しかし、内容はまったく頭に入らなかった。

（早く帰りたいな……）

そんなことばかり考えていると、やがて香緒里がトレーを手にしてやってきた。

「お待たせ。簡単なものだけど」

テーブルに料理の皿が並べられる。サラダと白身魚のムニエルだ。バゲットとチーズ、それに白ワインも用意されていた。

「すごい、おいしそうですね」

素直な感想を口にする。見た目にも華やかでおいしそうだ。短時間で作ったとは思えない料理だった。

「本当に簡単なの。わたしが作ったのはサラダとムニエルだけよ」

香緒里が照れたようにつぶやいた。

仕事中は見せない穏やかな表情になっている。プライベートの姿を見るのは、これがはじめてだった。

(ふだんは、こんな感じなんだ……)

家庭的な一面を垣間見て、少し興味をそそられた。

仕事をバリバリしているキャリアウーマンというイメージだったので、柔らかい雰囲気が意外だった。

「乾杯しましょうか」

香緒里は隣に腰かけると、ワインのコルクを慣れた手つきで抜いて、グラスに注いでくれた。

「か、乾杯」

拓己は慌ててグラスを手にすると頭をさげる。ワインをひと口飲むと、甘い香りが鼻に抜けた。

(これ、うまいな……)

あまりワインは飲まないが、口当たりがよくてじつにうまい。香緒里が飲みやすいワインを選んでくれたのかもしれなかった。

「どうぞ、食べて」

「はい、いただきます」

ナイフとフォークを使って、白身魚のムニエルを口に運ぶ。バターとレモンの香りが白身魚のうまみを引き出している。

「うまいっ……い、いえ、おいしいです」

思わず声に出してしまうほど美味だった。慌てて言い直すと、香緒里は楽しげな笑みを浮かべた。

「おおげさね。でも、お口に合ってよかったわ」

仕事のときとは異なるリラックスした表情だ。美しい横顔に見惚《みと》れそうになり、拓己は慌てて視線をそらした。

(な、なにをやってるんだ……)

上司だということを忘れたわけではない。しかし、いつもと異なる雰囲気で、妙にドキドキしていた。

「さっきの動画だけど――」

香緒里がふいに切り出した。

拓己が編集した動画のことだ。仕事の話になり、思わずナイフとフォークを置いて背すじを伸ばした。

「チャンネルにアップはできないけど、編集の腕は少しあがったみたいね」

予想外の言葉だった。

とはいえ、動画がボツになったことに変わりはない。拓己はなにを言えばいいのかわからず黙りこんだ。

「この仕事に向いていると思うわ。がんばりなさい」

「俺、向いてますか？」

思わず聞き返してしまう。向いていないと悩んだこともあるので、そんなことを言われるとは意外だった。

「動画編集は地味な作業だけど、沢野くんはコツコツやることが得意でしょう。それにセンスもあると思うわ」

この仕事で褒められるのは、これがはじめてだ。喜びと恥ずかしさが同時にこみあげて、顔が赤くなるのを自覚した。

「あ、ありがとうございます」

礼を述べると、香緒里はにっこり微笑んだ。

「最初から完璧にできる人なんていないの。つづけることよ。そうすれば、必ず道は開けるわ」

「はいっ」

胸に熱いものがこみあげる。ほんの少しだけ認められた気がして、明日からがんばろうという気持ちになった。

「どんどん食べてね。足りなかったら、もっと作るから」

「はい、ありがとうございます」

拓己は料理を口に運び、せっかくなのでワインも飲んだ。褒められたことで、先ほどよりもさらにおいしく感じた。

香緒里は料理にはほとんど手をつけず、チーズをつまみにワインを飲んでいる。食事より酒が好きらしい。いつしか頬がほんのり桜色に染まり、瞳が少しトロンとなっていた。

「それにしても、スターズガールはすごい人気ね」

香緒里がしみじみとした調子でつぶやいた。

新潟スターズ公式チャンネルの再生回数は更新をつづけている。球場の観客動員数が伸びているのは、チームが好調なだけではなく、スターズガールの人気のおかげでもあった。

「沢野くんにとってはプレッシャーなんじゃない？」

「じつは、そうなんです。スターズガールの動画を待っているファンの人たちが、たくさんいると思うと……」

拓己は胸に抱えていたものを打ち明ける。

いい動画を撮らなければと思うが、なにしろ腕がついていかない。自分の力のなさを実感するほどに、もどかしさが募っていた。

「それを聞いて安心したわ」

香緒里が柔らかい笑みを浮かべている。拓己は意味がわからず、思わず首を傾げて見つめ返した。

「プレッシャーを感じているということは、仕事に責任感が出てきた証拠よ」

「そうでしょうか」

答えながら心のなかで思い返す。

確かに最初はいやいや撮影しているだけだった。でも今は、できないなりにもアングルや構成などを考えている。スターズガールたちの魅力を少しでも伝えようと頭を悩ませていた。

「部署が変わって、とまどっていたのよね。よくわかるわ。わたしも似たような経験があるから……」

意外な言葉だった。

今は仕事をバリバリこなしている香緒里だが、異動があって腐ったりした時期があったのだろうか。

「課長は別の課から異動してきたのですか？」

ワインを飲んだせいか、いつもより話しやすい雰囲気になっている。あまり深く考えずに尋ねていた。

「広報部に配属される前は、スターズガールのメンバーだったの」

香緒里は躊躇《ちゅうちょ》することなくさらりと答える。

すぐに意味が理解できず、おかしな間が空いてしまう。拓己は香緒里の言葉を頭のなかでくり返した。

「スターズガールのメンバーって……もしかして、課長がメンバーだったってことですか？」

つい声が大きくなる。思わず目を見開いて隣を見やった。

「だから、そう言ってるじゃない」

香緒里が呆れたようにつぶやき、ふふっと笑う。そして、昔を懐かしむように遠い目になった。

「もう十年前の話よ」

ワインをひと口飲むと、ぽつりぽつりと語りはじめる。

香緒里は若いころダンスに夢中で、十八歳から二十八歳まで十年連続でオーディションを通過して、スターズガールに在籍していたという。そして、最後の三年間はリーダーも務めていたというから驚きだ。

（そういえば……）

ふと噂話を思い出す。

かつてスターズガールには伝説のリーダーがいたという。その女性が三年にわたってメンバーをまとめたことで、チアリーディングチームとして大きく成長したと言われている。そして、スターズガールの歴史上、三年連続でリーダーを務めた人物はひとりだけだった。

「ま、まさか、伝説のリーダーって……」

「そんなおおげさなものじゃないのよ。ただ必死にやっていただけ」

香緒里はそう言って笑うが、瞳の奥には一時代を築いたプライドが感じられた。

二十八歳でスターズガールを卒業すると、功績を認められて正社員として広報部に迎えられたという。

「それって、すごいことですよね」

スターズガールにいたからといって、誰でも球団職員になれるわけではない。少なくとも拓己が就職してから、そういう例は一件もなかった。

「でも、それからが大変だったの。毎日、踊っていたのに、スーツを着る生活になったんだから」

香緒里の口調が重くなった。

もとからいた社員たちは、いい顔をしなかったという。ダンスしか知らなかった香緒里への風当たりは相当強かったらしい。そのなかで挫けることなく努力を重ねて課長になった。

（俺なんかより、ずっと大変だったんだな）

拓己は広報部のなかで異動しただけだ。香緒里の苦労とは比べものにならない。それなのに仕事を辞めることまで考えていた。

（もっと、がんばらないとな……）

反省すると同時に尊敬の念が湧きあがる。

香緒里がどうしてこれほど面倒見がいいのか、わかった気がした。自分が苦労しているぶん、部下にやさしくなれるのだろう。

「スターズガールはすごい人気よね」

香緒里は先ほどと同じ言葉をくり返す。理由はわからないが、なにやら含みのある口調に感じられた。

「球団にとってはいいことよね。注目されて、ファンも増えて……でも……」

めずらしく歯切れが悪い。香緒里はなにか言いたげに口を開くが、直前で何度も言葉を呑みこんだ。

「課長？」

「わたしたちのときも、それなりに人気はあったのよ。今ほどではないけど……」

香緒里はそう言うと、淋しげな笑みを浮かべて小さく息を吐き出した。

（もしかして……）

なんとなくわかった気がする。

現在のスターズガールの人気を喜びながらも、どこか心の片隅でうらやましいと思っているのではないか。香緒里の複雑そうな表情を見ていると、そんな気がしてならなかった。

隣をチラリと見やれば、香緒里はグラスを口に運んでいた。

ワインで濡れた唇は艶《なま》めかしくて、憂《うれ》いを帯びた横顔は整っている。スターズガールに所属していたと聞いて、納得のいく美貌だった。

「課長は今でもおきれいですよ」

気づくと自分でも驚くようなセリフを口走っていた。

慣れないワインで酔っていたのかもしれない。あるいは香緒里の話を聞いて共感したせいかもしれない。褒められて気分がよくなったことも関係していると思う。とにかく、香緒里を元気づけたかった。

「ありがとう……お世辞でもうれしいわ」

「お世辞なんかじゃありません」

適当なことを言ったわけではない。本気できれいだと思っている。そのことをわかってほしくて、つい言葉に力が入ってしまった。

「そんなこと言われるの久しぶり……本当にありがとう」

香緒里は肩をすくめて、くすぐったそうに笑う。まるで少女のような笑顔に惹きつけられた。

「スターズガール時代の写真とか、ないんですか？」

ふと思いついて尋ねてみる。いつものスーツ姿しか知らないので、昔の写真を見てみたかった。

「写真はあるはずだけど……」

香緒里は首を傾げて考えこむ。

ふだん見返さないので、どこかにしまいこんであるらしい。すぐには見つからないと聞いて、あきらめるしかなかった。

「当時のコスチュームならあるわよ」

「取ってあるんですか？」

「クローゼットに入ってるわ。見せてあげる」

香緒里が立ちあがり、リビングから出ていく。足取りが軽く見えたのは気のせいだろうか。

（それにしても……）

拓己はソファの背もたれに寄りかかった。

香緒里がスターズガールのリーダーだったとは驚きだ。これまで噂にも聞いたことがなかった。ほかの社員たちは知っているのだろうか。拓己は同僚たちとのつき合いが少ないので、情報が入ってこなかっただけかもしれなかった。

4

「お待たせ……」

香緒里の声が聞こえた。

拓己はソファの背もたれから体を起こして振り返る。リビングの入口を見やり、思わず動きをとめた。

「か、課長……」

呼びかける声が震えてしまう。

そこに立っている香緒里は、ピンクと白のコスチュームを身につけていた。セパレートタイプでヘソが出ている。現在のものとは少し違うが、スターズガールのコスチュームに間違いない。

「どうかな？」

香緒里がゆっくり歩み寄ってくる。恥ずかしげに耳までまっ赤に染めて、両手を自分の頬に当てていた。

「お、お似合いです」

拓己は圧倒されながら、なんとか言葉を絞り出す。

当時のコスチュームを持ってきて、見せてくれるのだと思っていた。まさか実際に彼女が身につけるとは予想外の展開だ。

しかもセパレートタイプなので、ヘソだけではなく、くびれた腰も剝き出しになっている。十年前のコスチュームを着ているということは、スリーサイズがほとんど変わっていないのだろう。

しかし、よく見るとミニスカートのウエスト部分が食いこみ、肉がプニッと盛りあがっている。それが妙に色っぽくて視線が吸い寄せられてしまう。さらにショート丈のタンクトップは、胸がはち切れそうなほどふくらんでいた。

「恥ずかしいから、なにか言って……」

香緒里がつぶやいて身体をくねらせる。

剝き出しの腰が艶めかしく蠢《うごめ》いてドキリとする。ミニスカートの裾からのぞいている太腿は、薄く脂《あぶら》が乗ってむっちりしていた。三十六歳の熟れた女の色香が溢れており、見ているだけで頭の芯が痺れてくる。

(こ、これは……)

拓己は無意識のうちに前のめりになっていた。

現役のスターズガールは健康的な色気を放っているが、香緒里の成熟した身体は牡の欲望を一瞬で燃えあがらせる。熟女のコスチューム姿がこれほど刺激的だとは知らなかった。

「ねえ、沢野くん……」

香緒里はテーブルの隣に立ち、拓己の顔を見つめている。

頰を赤く染めながら、満更《まんざら》でもない様子だ。この格好を目にした男が、どう思うのかわかっているのではないか。実際、拓己が熱い視線を送っても気を悪くすることなく、内腿をもじもじ擦り合わせていた。

「十年前は、この格好で踊っていたのよ」

香緒里はそう言うと、その場でクルリとまわってみせる。するとミニスカートが舞いあがり、黒いものがチラリと見えた。

(い、今のは……)

思わず息を吞んだ。

見えたのはほんの一瞬だったが、スパッツではない。股間と尻に貼りついていたのは黒いパンティだ。見えることを前提としたスパッツではなく、正真正銘のランジェリーだ。

見てはいけないと思って視線をあげる。すると、タンクトップに包まれた乳房がタプタプ揺れていた。しかも、ふくらみの頂点に突起を発見する。それは乳首に間違いなかった。

（まさか、ノーブラなのか？）

ついつい視線が吸い寄せられる。

ブラジャーをつけていれば、乳首が透けることはないはずだ。スターズガールの練習を撮影しているが、こんなシーンに出くわしたことは一度もなかった。

（うっ、や、やばい……）

気づくとペニスが勃起していた。

スラックスの前が盛りあがり、瞬く間にテントを張ってしまう。いけないと思うほどにペニスはふくらんでいく。

「もしかして、見えた？」

香緒里が小首を傾げて尋ねる。

視線は拓己の股間に向いている。勃起に気づいているに違いない。それでも怒ることなく、口もとには微笑さえ浮かべていた。

「スパッツがなかったから、黒のパンティを穿いたんだけど……」

ミニスカートの裾を指先で摘まんで、ほんの少し持ちあげる。白くてむっちりした太腿がつけ根まで剝き出しになり、黒いレースのパンティが現れた。

「もっと見たい？」

香緒里が意味深にささやく。

拓己は肯定も否定もできずに固まっていた。香緒里は直属の上司だ。なにを考えているのかわからなかった。

「ごめんなさい。こんなことされたら困るわよね」

ふいに香緒里がつぶやいた。

拓己が黙っているので、拒絶されていると思ったのかもしれない。悲しげな顔になり、瞳を見るみる潤ませた。

「夫が忙しくて相手をしてくれないの……」

香緒里の夫は商社マンで出張が多いらしい。全国を飛びまわる生活で、すれ違いばかりだという。

「淋しくて……一度だけ慰めてもらおうと思ったの。でも、欲求不満の女の相手なんて、いやよね」

「か、課長……」

女性にそこまで言わせて、申しわけないという気持ちが湧きあがる。拓己は思いソファから立ちあがった。

「課長はおきれいです。いやなんてことは絶対にないです」

「でも、わたしは沢野くんより、ずっと年上よ」

香緒里は瞳を潤ませている。チームを応援するためのコスチュームを身につけていることで、逆に悲しみが助長されていた。

「そんなの関係ありません。課長はとっても魅力的です」

拓己はきっぱり言いきった。

「本当に？」

「本当です。男に二言はありません」

これ以上、香緒里の悲しげな顔を見ていられない。元気づけたい一心で、自然と言葉に力が入った。

「そう……それなら構わないわね」

香緒里の声音が変化する。一転して妖艶《ようえん》な笑みを浮かべると、拓己の手首をグッとつかんだ。

「行くわよ」

「どこに行くんですか？」

「寝室に決まってるでしょう」

手首をしっかりつかんだまま、有無を言わせず歩き出す。拓己はわけがわからないまま、リビングから連れ出された。

5

「え、えっと……」

拓己はとまどいの声を漏らして立ちつくしている。

ここは夫婦の寝室だ。目の前にはダブルベッドがあり、サイドテーブルに置いてあるスタンドだけが灯《とも》っている。飴《あめ》色のムーディな光が、寝室のなかをぼんやりと照らしていた。

「なにしてるの。こっちに来なさい」

香緒里はコスチューム姿のままベッドにあがり、横座りしている。

つい先ほどまで悲しみに暮れていたのが嘘のように、唇の端に妖しげな笑みを浮かべていた。瞳はねっとりとした光を放ち、全身から匂い立つような牝の色香を漂わせている。

(まさか、これから課長と……)

今ひとつ状況が把握できていない。

どうして、こんなことになったのだろうか。香緒里がいやなわけではないが、なにが起きているのかわからなかった。

とにかく、コスチューム姿の香緒里に惹かれている。拓己は吸い寄せられるようにフラフラとベッドに近づいた。

「服を脱ぐのよ」

香緒里の静かな声が寝室に響きわたる。

命じられたことで、胸の鼓動が速くなった。やはりこれから香緒里とセックスするのだ。そう思うと、先ほどから勃起したままのペニスがさらに硬くなる。スラックスの前が張りつめて痛みが走った。

「くっ……」

急いで服を脱ぎ捨てて裸になり、いきり勃《た》ったペニスを解放した。

張りつめた亀頭は、すでに我慢汁でぐっしょり濡れている。下腹部を打つほど反り返り、裏スジがまる見えになっていた。

(課長が、俺のチンポを……)

激烈な羞恥がこみあげる。だが、それと同じくらい期待もふくらんでいた。

スターズガールのコスチュームに身を包んだ香緒里の前で、拓己は裸になって勃起したペニスを露出している。この信じられない状況が、異常なまでの興奮を生み出していた。

「早くこっちに来て」

香緒里がベッドの上で手招きする。呼ばれるままベッドにあがると、仰向けに押し倒された。

「すごいのね。ビンビンじゃない」

屹立したペニスをまじまじと見つめて、香緒里がうれしそうにつぶやく。

視線を感じることで、無意識のうちに力が入ってしまう。そのたびにペニスがピクピク動くのが恥ずかしかった。

「そ、そんなに見られたら……」

「恥ずかしいのね。かわいいわ」

香緒里はそう言いながら、ミニスカートのなかに手を入れる。そして、黒いパンティを引きおろして、つま先からそっと抜き取った。

「コスチュームは着たままのほうがいいでしょ？」

なにをするのかと思えば、香緒里は逆向きになって拓己に覆いかぶさる。

仰向けになった拓己の顔をまたぎ、身体を密着させてペニスに顔を寄せる格好だ。

拓己の目の前には、ミニスカートからのぞく香緒里の股間が迫っている。ちょうどスタンドの光が当たっており、濃い紅色の陰唇が見えていた。

（おおっ、こ、これって……）

シックスナインの体勢だ。

ＡＶではよく見るが、実際に体験したことはない。いつかやってみたいと思っていたが、まさかその相手が香緒里になるとは思いもしなかった。

目と鼻の先に女性器がある。少し形崩れした二枚の陰唇が艶めかしい。まだ触れてもいないのに、割れ目から透明な汁がジクジクと湧き出してる。女陰もまるで新鮮な赤貝のように蠢いていた。

（す、すごい、これが課長の……）

拓己は陰唇を見つめて、何度も生唾を飲みこんだ。

視覚的にも興奮が高まり、ペニスがさらに硬くなる。しかも、そこに熱い視線を感じていた。

「近くで見ると、ますます大きいわ」

香緒里がつぶやくと、吐息が亀頭に吹きかかる。くすぐったさをともなう快感がひろがり、新たな我慢汁が噴き出した。

「うっ……」

太幹に指が巻きついて、思わず呻き声が溢れ出す。そっと握られただけだが、腰が震えるほどの愉悦が押し寄せた。

「ああっ、硬い……若いっていいわ」

ため息まじりにつぶやくと、香緒里はそのままペニスをしごきはじめる。巻きつけた指をゆるゆるとスライドさせて、太幹に刺激を送りこんできた。

「くっ……ううっ……」

「まだ硬くなるのね。素敵よ」

ゆったりしごかれることで、我慢汁がどんどん溢れてしまう。

亀頭を濡らして太幹にも垂れていく。その我慢汁が香緒里の指に付着して潤滑油となり、ヌルヌルとした刺激がひろがった。

「くうッ、か、課長っ」

拓己は思わず両手をまわしこんで、香緒里の尻たぶをしっかりつかんだ。勢いのまま臀裂《でんれつ》を割り開き、首を持ちあげて陰唇にむしゃぶりついた。

「ああッ！」

香緒里が驚きの声を響かせる。女体がビクッと揺れて、女陰の狭間から華蜜がどっと溢れ出した。

(こんなに濡れて……課長も感じてるんだ)

そう思うと、さらに興奮がふくれあがる。

これがはじめてのシックスナイン、はじめてのクンニリングスだ。唇に触れている陰唇は、ゼリーのように柔らかい。強く愛撫すると壊れてしまいそうで、拓己は慎重に舌を伸ばしてそっと舐めた。

「あンっ、さ、沢野くんっ」

香緒里の唇から甘い声が溢れ出す。

どうやって愛撫すればいいのか、今ひとつわかっていない。それでも二枚の陰唇を交互に舐めあげたり、割れ目を舌先でくすぐるようにするたび、香緒里は敏感に反応した。

(すごい……すごいぞ)

愛蜜が次から次へと溢れている。拓己は無意識のうちに唇を密着させると、愛蜜を思いきりすすりあげた。

「あああッ」

香緒里の喘ぎ声が大きくなる。感じているのは明らかで、つかんでいる尻たぶが小刻みに痙攣《けいれん》した。

「も、もっと……もっと強く……」

そう言われても、どうすればいいのかわからない。陰唇はますます柔らかく蕩《とろ》けており、強く愛撫するのは気が引ける。恐るおそる舌を伸ばすと、女陰の狭間に沈みこませた。

「はああッ」

香緒里が甲高《かんだか》い声をあげる。

その直後、裏スジにヌルリとした感触がひろがった。香緒里の舌が触れたのだとわかり、興奮と快感が一気に押し寄せた。

「ううッ、か、課長っ」

拓己も舌をできるだけ伸ばして、膣口に埋めこんでいく。溢れる愛蜜をすすりあげながら、柔らかい膣粘膜を舐めまわした。

「あああッ……沢野くんも気持ちよくしてあげる」

香緒里が亀頭をぱっくり咥《くわ》えこみ、唇をカリ首に密着させる。そして、太幹をズルズルと呑みこみはじめた。

「ンンっ……はむンっ」

呻く声も色っぽい。香緒里は膣粘膜を舐められる快感に酔いながら、ペニスを深くまで頬張っていた。

(課長の口に、俺の……)

考えるだけで快感が大きくなる。

すでにペニスは根元まで熱い口内に呑みこまれている。口腔粘膜が密着して、唾液と我慢汁でヌルヌル滑っていた。

「ンっ……ンっ……」

香緒里がゆっくり首を振りはじめる。唇で太幹をしごきあげられて、これまで経験したことのない快感が湧き起こった。

「おおッ……おおおッ」

拓己は女陰にむしゃぶりついたまま、呻き声を漏らすことしかできない。懸命に舌を動かして反撃するが、香緒里のほうが一枚も二枚も上手だ。ペニスを深く咥えられて吸われると、射精欲が急激にふくれあがった。

「くううッ、や、やばいですっ」

慌てて尻の筋肉に力をこめて耐えようとする。ところが、香緒里は猛烈な勢いで首を振りはじめた。

「あふッ……むふッ……あふンッ」

鼻にかかった声が色っぽい。唇が太幹の表面を滑り、敏感なカリ首を連続して擦りあげる。我慢汁がどんどん溢れて、頭のなかがまっ白になっていく。

「も、もうっ……ううううッ、もうダメですっ」

陰唇を愛撫する余裕はなくなっている。拓己は彼女の尻たぶを強くつかみ、ただ呻くだけになっていた。

「で、出ちゃうっ、出ちゃいますっ」

泣きそうな声で訴える。咥えられた亀頭を飴玉のように舐めまわされて、太幹を唇で猛烈にしごかれているのだ。この凄まじい快楽に、経験の浅い拓己が耐えられるはずなかった。

「出していいわよ。いっぱい出して」

香緒里はペニスを口に含んだまま、くぐもった声でささやく。そして、唇で太幹の根元を締めつけると、猛烈に吸いあげた。

「はむううぅッ」

「おおおおッ、も、もうっ、おおおおッ、くおおおおおおおおッ！」

拓己は咆哮《ほうこう》を轟《とどろ》かせて、ついにザーメンを放出する。柔らかい唇と舌で愛撫されての射精は、ペニスが溶けてしまったかと思うほど心地いい。香緒里に太幹を咥えられたまま、思いきり欲望を解き放った。

「はンンンッ」

香緒里は苦しげな声を漏らしながら、ザーメンを口内で受けとめる。そして、躊躇することなく喉を鳴らして飲みくだした。

シックスナインで絶頂に達してしまった。

はじめての快楽と興奮に抗えず、拓己だけ追いあげられてしまったのだ。香緒里はまだペニスを咥えており、尿道に残った精液までチュウチュウと吸いあげている。拓己は絶頂からおりることができず、いつまでも全身を震わせていた。

6

「すごく濃かった……」

香緒里はようやくペニスから唇を離すと、色っぽい声でつぶやいた。

仰向けになった拓己の隣で横座りして、ねっとりした瞳で見おろしている。スターズガールのコスチュームを身につけており、乳房のふくらみの頂点には乳首がくっきり浮かんでいた。

「ねえ、まだできるわよね」

香緒里は細い指をペニスに巻きつけて、ゆるゆるとしごきはじめる。

射精直後にもかかわらず、太幹は硬度を保ったままだ。すりこぎのように硬くなっており、天に向かってそそり勃っていた。

「そ、そんなにされたら……ううッ」

またしても我慢汁が溢れ出す。亀頭が破裂寸前まで膨張して、カリが大きくエラを張った。

「すごいわ。やっぱり若いのね」

うれしそうに目を細めて香緒里がささやく。そして、ペニスから手を離すと、拓己の隣で仰向けになった。

「好きにしていいわよ」

「い、いいんですか？」

拓己は反射的に体を起こした。

刺激的なセリフを耳にして、テンションがアップしている。美しい上司を自由にできると思うと、またしても興奮がふくれあがった。

まずはミニスカートの裾を摘まんで、ゆっくりまくりあげる。

シックスナインのときはよく見えなかったが、香緒里の恥丘には陰毛が濃厚に生えていた。楕円形に整えてあるが、一本いっぽんが太いため濃く見える。白い恥丘と黒々とした陰毛のコントラストが、牡の欲望をかき立てた。

「見ているだけでいいの？」

香緒里はそう言って、片膝をそっと立てる。

内腿の奥が見えそうで見えない、きわどいポーズだ。拓己は喉をゴクリと鳴らして両手を膝にかける。ゆっくり押し開くと、正常位の格好で覆いかぶさった。

いきり勃ったペニスの先端を割れ目にあてがう。亀頭が軽く触れただけで、濡れそぼった陰唇がクチュッという湿った音を立てた。

「あンっ……来て」

香緒里がせつなげな瞳で見あげている。

早く挿《い》れてほしいのか、仰向けの状態で腰を微かに揺らしている。牡の劣情を煽るように、右に左にくねらせていた。

（い、挿れるぞ……）

意を決して腰を押し出す。ところが、亀頭は陰唇の表面を滑ってしまう。もう一度チャレンジするが、やはり亀頭は割れ目を撫でただけだった。

（あ、あれ……どうして入らないんだ？）

正常位は今回がはじめてだ。

ただ一度のセックスは、彩花が騎乗位でリードしてくれた。だから、なにが悪いのかわからない。拓己が焦っていると、香緒里が右手を伸ばしてペニスをつかんだ。そして、亀頭を膣口に導いた。

「大丈夫よ。ゆっくり挿れて」

落ち着かせるように言葉をかけてくれる。

言われるまま、拓己は慎重に腰を押し出していく。すると、亀頭が柔らかい場所にヌプッとはまるのがわかった。

「ああっ……そう、そこよ」

香緒里がやさしく教えてくれる。

拓己ははやる気持ちを懸命に抑えて、ペニスをじりじり押し進める。すると、熱い女壺に吸いこまれるように、肉棒が根元まですべて収まった。

「おおおッ、は、入った」

「ああンっ、お、大きいっ」

スターズガールのコスチュームを着た香緒里が、身体を大きく仰《の》け反らせる。膣が思いきり締まり、ペニスがギリギリと絞りあげられた。

「くううッ」

たまらず呻き声が漏れてしまう。

柔らかい膣壁が、亀頭と竿を包んでいる。蠢く襞がカリの内側にも入りこみ、サワサワとくすぐられる。熱い蜜壺の感触に流されて、いきなり蕩けそうな快楽が押し寄せた。

(や、やばいっ……ううッ)

射精欲がふくらみ、我慢汁が大量に溢れ出す。慌てて奥歯を食いしばり、全身の筋肉に力をこめた。

危ないところだったが、なんとか暴発を免《まぬが》れる。しかし、快感は継続しており、膣のなかでペニスが小刻みに震えていた。我慢汁はトロトロと溢れつづけて、常に絶頂の兆《きざ》しが見えている状態だ。

「ああンっ、沢野くん」

香緒里が焦れたような声を漏らす。

挿入した状態で拓己が動かないので、刺激を欲しているのかもしれない。両手を伸ばすと、拓己の尻にまわしこんで強くつかんだ。

指が尻たぶにしっかり食いこんでいる。グッと引き寄せられると、挿入しているペニスがさらに深い場所まで入りこむ。亀頭の先端が膣道の行きどまりに到達して、奥を強く圧迫した。

「ああッ、ここ……ここよ」

奥が感じるらしい。香緒里は自らペニスを引き入れて、自分の好きな場所に亀頭を押し当てていた。

「か、課長……ううッ」

拓己が受ける快感も倍増している。射精欲をこらえるのに必死で、全身の毛穴から大量の汗が噴き出した。

まだピストンもしていないのに、凄まじい愉悦の嵐が吹き荒れている。ペニスがより深くまで入ったことで、ふたりの股間がぴったり密着しているのだ。陰毛同士が擦れるのも卑猥で、ますます気分が高揚していく。

「動いて……」

香緒里が濡れた瞳で見つめている。

両手は拓己の尻を引き寄せたままだ。亀頭が膣奥を圧迫しているせいか、背中をそらして呼吸をハアハアと乱している。膣のなかがウネウネと蠢き、ペニスを咀嚼《そしゃく》するように刺激していた。

(今、動いたら、きっと……)

すぐに達してしまう。

じっとしているだけでも射精欲がふくらんでいるのだ。思いきり腰を振りたくてたまらないが、とたんに射精してしまいそうだ。それくらいの快楽が常にペニスを襲っていた。

「ねえ、沢野くん……焦らさないで」

香緒里が我慢できないとばかりに股間をしゃくりあげる。深く埋まったままのペニスが、膣のなかで揉みくちゃにされた。

「ううぅッ、ダ、ダメですっ」

慌てて声をあげるが、香緒里は尻たぶをしっかりつかんだまま、股間をクイクイ動かしつづける。熱い媚肉のなかで男根がこねまわされて、懸命に抑えていた射精欲がふくれあがった。

「ま、待ってください……くううッ」

拓己は情けない声で呻くことしかできない。先ほど射精していなければ、この刺激で暴発していただろう。

いずれにせよ、防戦一方ではすぐに欲望が限界に達してしまう。なんとか快楽を耐え忍びながら、香緒里のタンクトップに手をかける。一気にまくりあげれば、大きな乳房がプルンッとまろび出た。

（おおっ、す、すごい）

思わず目を見張るほどの美乳だ。

なめらかな曲線が双つの乳房を形作り、柔らかく波打っている。先端で揺れる乳首は濃いピンクだ。愛撫を期待しているのか硬くなり、乳輪までドーム状に盛りあがっていた。

「あンっ、恥ずかしい……」

香緒里はそう言いながらも、卑猥に股間をしゃくりあげている。両手で拓己の尻たぶを抱えたまま、男根の感触を楽しんでいた。

（俺、課長とセックスしてるんだ……）

あらためて考えると頭のなかが興奮で燃えあがる。

股間を見おろせば、己のペニスが香緒里のなかにずっぽりはまっているのだ。互いの陰毛が擦れて、シャリシャリと乾いた音を立てている。そして結合部分からは、ニチュッ、クチュッという湿った音が響いていた。

「あンっ、沢野くん……あああンっ」

あの香緒里がスターズガールのコスチュームを乱して喘いでいる。淫らな表情で腰をよじり、さらなる刺激を求めていた。乳房がタプタプ揺れて、乳首は物欲しげに硬く勃っているのだ。

「か、課長っ……」

拓己は思わず乳房にむしゃぶりついた。

乳首を口に含むなり、舌を伸ばして舐めまわす。唾液をたっぷり塗りつけては、ジュルジュルと音を立てて吸いあげた。

「ああッ、い、いいっ」

香緒里が唇から喘ぎ声がほとばしる。両脚を拓己の腰に巻きつけて、足首をしっかりロックさせた。

「くううッ……」

膣が猛烈に締まり、男根が絞りあげられる。凄まじい快感が押し寄せて、一刻の猶《ゆう》予《よ》もないほど追いこまれた。

（も、もう……もうダメだっ）

拓己は欲望にまかせて腰を振りはじめる。乳首をしゃぶりながら、ペニスを思いきりスライドさせた。

「あぁッ、は、激しいっ、あああッ」

すぐに香緒里が喘ぎ声をほとばしらせる。

カリで膣壁をえぐるたび、女体がどんどん反り返っていく。膣の締まりも強くなり、自然とピストンスピードがアップした。

「き、気持ちいいっ、おおおッ」

快感の波が次から次へと押し寄せて、もう射精することしか考えられない。双つの乳首を交互にしゃぶり、腰を力まかせに打ちつける。ペニスを深い場所まで送りこみ、亀頭で行きどまりをノックした。

「あぁッ、い、いいっ、いいわっ」

香緒里が喘いでくれるから、射精欲が瞬く間にふくれあがる。大量の愛蜜と我慢汁でヌルヌル滑り、さらにピストンが加速した。

「おおおッ、き、気持ちいいっ」

もう限界が目の前まで迫り、たまらず大声で快感を訴える。

頭のなかがまっ赤に燃えあがり、射精欲がどんどんふくらんでいく。両手で乳房を揉みあげて、硬くなった乳首を吸いまくる。腰を全力で振りまくり、ペニスを高速で出し入れした。

「す、すごいっ、すごいわっ、あああッ」

「おおおッ、おおおおッ、も、もうダメですっ」

これ以上は耐えられない。拓己は腰を力いっぱい打ちつけると、ペニスを根元までたたきこんだ。

「はあああああッ！」

「くおおッ、で、出るっ、出ますっ、おおおおッ、ぬおおおおおおおッ！」

ついに絶頂の大波が押し寄せて快感が爆発する。女壺のなかでペニスが暴れまわり、先端からザーメンが噴きあがった。それと同時に膣がうねることで、射精がうながされて快感が倍増する。

「き、気持ちいいっ、くうううぅッ」

精液が高速で尿道を駆けくだり、ビュクッビュクッと大量に飛び出した。全身が痙攣して、頭のなかがまっ白になっていく。なにも考えられない状態で、ただ快楽に溺れていた。

「はああッ、あ、熱いっ、あああああああッ！」

香緒里も感極まったような声をあげている。両手両足で拓己の体にしがみつき、背中に爪を立てながら腰をガクガク震わせた。

絶頂に達しながら唇を重ねて、舌をねちっこくからませる。そうすることで、愉悦がさらに深いものへと変わっていく。ペニスは蜜壺に埋まったままで、クチュクチュと淫らな音を立てていた。

ふたりとも快楽に溺れて、ハアハアと息を乱している。

徐々に絶頂が収まっていくが、拓己も香緒里も名残を惜しむように、きつく抱き合っていた。

第四章　ハーレムスタジアム

1

香緒里と関係を持ってから数日が経っていた。

事務所で顔を合わせても、互いになにごともなかったように振る舞っている。香緒里は既婚者だ。あれは一度きりの関係だと割りきっていた。

今、香緒里はスーツ姿でデスクに向かっている。

クールな横顔を見ていると、乱れた姿が夢だった気がしてしまう。しかし、美しい上司を自分のペニスで喘がせたのは事実だ。シックスナインで高め合い、深くつながって快感を共有した。

(最高だったな……)

思い返すとペニスがズクリと疼《うず》いてしまう。ボクサーブリーフのなかで勃起しそうになり、拓己は慌てて香緒里から視線をそらした。

(おっ、もうこんな時間か……)

もうすぐスターズガールの練習がはじまる。拓己はカメラの入ったバッグを手にすると事務所をあとにした。

香緒里に元気づけてもらったおかげで、仕事に対する意識が変わった気がする。まだまだ納得いく撮影はできていないが、それでも少しでもいいものを撮ろうと努力していた。

廊下を進んでドアを開けると、ドーム球場のグラウンドに出る。

すでにスターズガールのメンバーが集まっており、ストレッチや準備運動を行っていた。

(由菜ちゃん……)

拓己の目は自然と由菜を追ってしまう。

先日、練習に遅刻してから、由菜は本番でねこねこダンスを踊っていない。懸命に練習しているが、まだメンバーに選ばれることはなかった。

(俺のせいで……ごめん)

拓己は責任を感じている。

ラブホテルに泊まったことで、寝坊してしまったのだ。その結果、本番のメンバーからはずされて、拓己との関係もギクシャクしてしまった。いまだに目も合わせてくれず、完全に距離が開いていた。

だが、落ちこんでばかりもいられない。

由菜は失敗を挽回しようとして、これまで以上に練習している。メンバーに選ばれれば、ふたりの関係は修復できるかもしれない。そう信じて、拓己も仕事に取り組んでいた。

練習風景を撮影して、いったん事務所に戻った。

今日はホームゲームなので、夜もスターズガールの撮影もある。残念ながら由菜はメンバーに入っていないが、気合を入れて挑むつもりだ。コンビニで買ってきた弁当で早めの夕飯を摂《と》り、ナイターに備えた。

今夜もスターズガールは見事なダンスを披露して、満員の観客を盛りあげた。

新潟スターズは接戦を制して勝利した。七回に鳴海一斗が打ったタイムリーヒットが決勝点となった。

「やったぜ！」

ヒーローインタビューのお立ち台で一斗が絶叫する。観客が大歓声で応えれば、一斗は満面の笑みで両手を振った。

拓己は編集のときに使えるかもしれないと思って、一斗の姿も撮影した。

ヒーローインタビューが終わり、カメラをバッグに片づける。三脚もたたんで、グラウンドをあとにした。

バックヤードの廊下を歩いて事務所に向かう。そして、トイレの前を通りかかったとき、なかから話し声が聞こえた。

「完璧だったな。打った瞬間、これはいったと思ったよ」

自慢げな声の主は一斗だ。チームメイトと今夜の試合のことを話していた。

「ところで、チアガールにかわいい子がいるだろ」

「みんなかわいいですよ。誰のことですか？」

「それが、たまにしか見ないんだ。今日はいなかったな」

一斗たちの雑談が気になり、拓己は思わず歩調を緩める。周囲を確認するが、廊下に人影は見当たらなかった。

「名前はわからないんですか？」

「月島由菜っていうんだ。スターズガールのホームページに載ってたよ」

一斗の口から由菜の名前が出てドキリとする。拓己は完全に足をとめて、廊下の片隅で耳を澄ました。

「一斗さんがチェックしたってことは、また狙ってるんですね」

「おいおい、人聞きの悪いこと言うなよ。チアガールに手を出したことはないぞ」

「そうでした。一斗さんはファンの女の子専門でしたね。でも、一回やったら終わりって、ひどくないっすか？」

若手と思われる選手が一斗をからかう。

どうやら一斗はファンに手を出しているらしい。プロ野球選手としてあるまじき行為だが、こういう輩《やから》がいるのも事実だ。

じつは、一斗の素行が悪いことは関係者の間で知られていた。女遊びが激しく、ファンに手を出しているという噂は拓己も聞いたことがある。しかし、実力のある人気選手なので、これまで球団に守られてきたのだ。

「一斗さん、ヤリまくりですね」

「まあな、自慢のバットでフルスイングよ」

若手が煽《あお》ると、一斗は調子に乗って軽口をたたく。聞いているだけで、腹立たしくなる会話だ。

「でも、一斗さん、彼女がいるじゃないですか」

「それとこれとは話が別だって」

「あんな超美人とつき合ってるのに反則ですよ。だって、一斗さんの彼女、モデルですよね？」

一斗にはモデルの恋人がいるらしい。それなのにファンに手を出しているとは最低だ。そのうえ、今度は由菜に目をつけているのだ。

「バカだなおまえは。昔から言うだろ、美人ってのは三日で飽きるんだよ」

「ああ、なるほど。そういうことですか。だから、いつも女を取っ替え引っ替えしてるんですね」

「この野郎っ」

突然、一斗の怒声が響きわたり、ドスッという鈍い音がした。

「痛ッ……蹴らないでくださいよぉ」

「おまえがくだらないこと言うからだ」

一斗は後輩に暴力を振るうこともあるようだ。冗談まじりとはいえ、蹴られたほうがたまらないだろう。

「それで、由菜って子はどうするんですか」

「やるに決まってるだろ。あれは初心《うぶ》な感じだから、簡単に落とせるな」

「チアガールはむずかしいんじゃないですか」

「じゃあ、賭けるか。ひと晩ぶんの飲み代でどうだ」

雑談を盗み聞きしながら、拓己は背すじが寒くなるのを感じていた。

遊び人の一斗が由菜を狙っている。しかも、落とせるかどうか、賭けの対象にされているのだ。

「もし落とせたら、またひと晩でヤリ捨てですか」

「いや、あれは上玉だから、飽きるまでしばらく遊んでやる」

一斗はそう言ってヘラヘラと笑った。

「くッ……」

拓己は思わず拳を握りしめる。このままトイレに特攻して、一斗を殴り飛ばしたい気分だ。

しかし、そんなことをすれば大問題になってしまう。一斗は新潟スターズの看板選手だ。球界を代表するスラッガーでもある。その一斗をただの球団職員でしかない拓己が殴ったとなれば、球団としては大変な不祥事だ。

(でも、このままだと由菜ちゃんが……)

胸のうちで不安がふくれあがっていく。

よりによって一斗に目をつけられていたとは最悪だ。先ほどの話だと、強引にでもデートに誘うのではないか。

スターズガールには選手と交際してはいけないという規則がある。

一斗が手を出せば、由菜は問答無用でスターズガールをクビになってしまう。軽薄な男によって由菜の夢が奪われるのは許せない。なにより、由菜を誰にも渡したくなかった。

今、一斗に注意したところで聞く耳を持たないだろう。そもそも、まだなにもしていないのだから神経を逆撫でするだけだ。怒らせると、よけいにひどいことをする気がした。

由菜に警告したほうがいいだろうか。しかし、今は溝ができているので話しかけづらい。拓己はあからさまに避けられているのだ。

（どうすればいいんだ……）

焦りと苛立ちが募っていく。廊下で立ちつくしていると、トイレから一斗たちが出てくる気配がした。

拓己は慌てて廊下を歩きはじめる。早足でトイレから離れると、しばらくして一斗たちが出てくるのがわかった。

「ああっ、早くヤリてぇっ！」

一斗の下品極まりない声が廊下に響く。それを聞いて、太鼓持ちの若手がゲラゲラと大声で笑った。

2

（なんとかしないと……）

拓己は球場の廊下を歩きながら必死に考える。

自分ひとりでは、どうすることもできない。誰かの力を借りなければ、由菜を守れそうになかった。

(でも、誰に相談すれば……)

まず脳裏に浮かんだのは香緒里の顔だ。

直属の上司で頼りになる。先ほど一斗が話していた内容を伝えれば、なんとかしてくれるかもしれない。

(いや、待てよ)

なにしろ由菜のことなので慎重になる。

香緒里は広報部の課長であって、選手を注意できる立場ではない。しかも、一斗は新潟スターズの看板選手だ。香緒里に相談したところで、困らせてしまうだけかもしれない。

(それなら、彩花さんはどうかな?)

次に思い浮かんだのは彩花だ。

スターズガールのリーダーなら、対処法を知っているかもしれない。過去に選手とメンバーが交際して、問題になったことがあると聞いている。そのときの教訓が生かされてマニュアル化されているのではないか。

（よし、彩花さんに相談しよう）

拓己は心を決めると事務所に戻って荷物を置き、急いでスターズガールの更衣室に向かった。

例によって、彼女たちを駅まで送らなければならない。ボディガードも拓己の大切な仕事だ。その道すがら彩花に相談しようと思う。更衣室の前に到着してしばらくすると、メンバーたちがばらばらと出てきた。

タクシー組とは裏口で別れて、ほかのメンバーたちを引き連れて駅へと向かう。由菜の姿もあるが、やはり拓己の顔を見ようとしなかった。

（大丈夫、俺が絶対に守るよ）

心のなかで誓うと、先頭を歩いている彩花に視線を向ける。

レモンイエローのタンクトップに白いミニスカートという服装が、活発なイメージの彩花に似合っていた。しかし、今は見惚れている場合ではない。拓己はさりげなく彩花に歩み寄った。

「大事なお話があるんですけど」

前を向いたまま、ほかのメンバーに聞こえないように注意しながら話しかけた。

「あらたまって、どうしたの？」

彩花が不思議そうな顔でチラリと見る。

拓己の深刻な様子から、なにかあると悟ったらしい。すぐに表情を引き締めて、真剣に話を聞く態勢になった。

「じつは、由菜ちゃん……いえ、月島さんのことなんですけど」

「由菜ちゃんになにかあったの？」

「今はまだ……」

「これから、なにか起きるのね」

彩花の言葉に拓己はこっくり頷く。そして、たまたま聞いてしまった一斗と若手選手の会話を、できるだけ正確に伝えた。

「やっぱり噂は本当だったのね」

彩花の表情が険しくなる。

一斗の悪い噂は耳に入っていたらしい。驚いている感じはないが、むずかしい顔で黙りこんだ。

「きっと月島さんにちょっかいを出します。彼女が誘いに乗ることはないと思いますが、あの男が黙っているでしょうか」

拓己が尋ねても彩花は答えない。小さくうなずくだけで、なにかをじっと考えこんでいた。

やがて駅に到着してしまった。

結局、解決策はなにも示されず、拓己の胸には落胆がひろがっている。メンバーたちが次々と改札に消えていく。ところが、彩花は隣に立ったまま腰に手を当てて、動こうとしなかった。

「帰らないんですか？」

「なに言ってるの。まだなにも決まってないじゃない」

彩花はそう言うと、拓己の目をまっすぐ見つめた。

「戻って作戦会議よ」

「は、はいっ」

思わず笑みを浮かべて返事をする。

彩花に相談してよかった。さすがはスターズガールのリーダーだ。メンバーを見捨てるはずがなかった。

「ちょっと待って」

球場に戻る前に彩花はスマホを取り出して、なにやら操作した。

誰かにメールを送ったようだ。このぶんだと帰りが遅くなるので、その連絡でもしたのだろうか。

ふたりはいっしょに球場へ戻り、彩花の指示で会議室に向かった。

「人に聞かれたら困るから」

「そうですね」

拓己は短く答えて口を閉ざした。

歩きながら話すのも危険だ。もうすぐ夜十時になるので、球場内はシーンと静まり返っている。だが、誰かが残っているかもしれなかった。

ふたりが向かったのは小会議室だ。

スチール製の長机が八つほど並んでおり、部屋の前方にはホワイトボードと大型のモニターが設置されている。どこの会社にもある会議室だが、ひとつだけ特殊な設備があった。壁の一方がグラウンドに面しており、ガラス窓ごしに試合を観戦できるようになっているのだ。

最初は驚いたが、何度か会議で使っているうちにすっかり慣れた。

それにこの時間はグラウンドを使っていないので照明は落とされている。先ほどまで大勢の観客で盛りあがっていたのが嘘のように、窓ガラスの向こうには暗闇がひろがっていた。

「月島さんを守るには、どうしたらいいでしょうか」

ドアを閉めると、拓己はさっそく切り出した。

「待って、もうすぐ来るから」

彩花はそう言って黙りこむ。視線はドアに向けられている。いったい、誰が来るというのだろうか。

「あの――」

拓己が尋ねようとしたそのとき、いきなりノックもなしにドアが開いた。

3

「お待たせ」

小会議室に入ってきたのは香緒里だった。

グレーのスーツに身を包み、クールな美貌に険しい表情を浮かべている。拓己と彩花の顔を交互に見ると、うしろ手にドアを閉めて鍵をかけた。

「メールでだいたいのことはわかったけど、詳しく聞かせてもらえるかしら」

彩花の瞳は拓己に向けられている。

展開が早すぎてついていけない。由菜が一斗に狙われている件を知っているようだが、いったいどういうことだろうか。

「どうして、課長が……」

「香緒里さんに相談するのがいちばんだと思って、わたしがメールしておいたの」

彩花が拓己の疑問に答えてくれる。

先ほど駅で、彩花はスマホを操作していた。どうやら、あのとき香緒里にメールを送っていたらしい。小会議室で話し合いをするので、相談に乗ってほしいとお願いしていたのだ。

「こういうときは、正社員もいたほうがいいでしょ」

彩花に言われてはっとする。

スターズガールは一シーズンだけの契約で、球団の正社員ではない。問題が深刻なので、彩花は正社員である香緒里に相談したという。

「そうですよね……」

拓己は自分の判断が甘かったことを痛感した。

確かに彩花の言うとおりだ。球団のスター選手が関係しているため、正社員の判断は不可欠だった。

「どういうことなのか教えてちょうだい」

香緒里に急かされて、拓己は最初から順に説明していった。香緒里は真剣な面持ちで拓己の話を聞く。

「話はわかったわ。それで由菜ちゃんを守りたいというわけね」

「このままだと、アイツになにかされてしまいます」

拓己は懸命に訴える。

早く手を打たなければ、取り返しのつかないことになってしまう。こうしている間にも危険が迫っているかもしれないのだ。とにかく、一斗をできるだけ由菜に近づけたくなかった。

「今の段階ではむずかしいわね」

香緒里が淡々とした声で告げた。

「え？」

一瞬、意味がわからず首を傾げる。むずかしいとはどういうことだろうか。

「やっぱり、そうですよね」

彩花が同調して頷く。まるで自分もまったく同じことを考えていたとでも言いたげな反応だ。

「ちょ、ちょっと、ふたりともどうしたんですか」

拓己はようやく声をあげるが、香緒里も彩花も口を開こうとしない。険しい表情で視線を交わし、なにやら頷き合っていた。

「月島さんが狙われてるんですよ。なにか考えてくださいよ」

焦りが大きくなっていく。悩んだすえに相談したのに、どうしてふたりは考えてくれないのだろうか。

「課長、急がないと――」

ろうか。

「とりあえず様子を見ましょう」

香緒里はあくまでも冷静だ。きちんと説明したのに、どうして急いでくれないのだ

「なに呑気なこと言ってるんですかっ」

つい声が大きくなってしまう。いけないと思うがとめられない。なんとしても由菜を守りたいという気持ちが先立っていた。

「このままじゃ危険なんです。由菜ちゃんは鳴海一斗に狙われてるんです。どうしてわかってくれないんですか」

「わかってるわよ。さっき聞いたわ」

「ちょっと落ち着いて」

拓己が必死になればなるほど、なぜかふたりは冷静になっていく。そんな様子を目にして、抑えきれない苛立ちがこみあげた。

「アイツがスター選手だから、見て見ぬフリをするつもりなんですね。こうなったら俺がひとりでも――」

「いい加減にしなさい」

香緒里が一喝する。決して大きな声ではないが、思わず背すじが伸びるような鋭さがあった。

「沢野くんが慌てたところでどうにもならないわ。確かに相手はスター選手よ。だからこそ冷静にならないといけないの」

「でも……」

「鳴海選手は話をしていただけで、まだなにもしていないでしょう。彼の素行に問題があるのは知っているわ。でも、ただの冗談と言われたらそれまでよ。こちらから動くわけにはいかないわ」

「そ、そんな……」

拓己の声は情けなく震えてしまう。香緒里の意見が正しいだけに、なにも反論できなかった。

「由菜ちゃんを守りたい気持ちは、わたしたちも同じよ」

彩花が穏やかな声で話しかけてくる。慰めるように言われて、思わず涙がこぼれそうになった。

「なにもできないなんて……」

悔しくてたまらない。肩をがっくり落としてうつむくと、奥歯が砕けそうなほど強く食いしばった。

「でも、鳴海選手を野放しにするつもりはないわ」

香緒里がいつの間にか歩み寄り、手を拓己の右肩にそっと置いた。

「由菜ちゃんを見捨てたりはしないから安心して」

反対側には彩花が寄り添うように立っている。拓己の左肩に手を乗せると、やさしく撫でまわした。

「か、課長……彩花さん……」

ふたりに元気づけられて、拓己は思わず鼻をすすった。

「泣いてる場合じゃないわよ」

「対策を考えないと」

「は、はい……」

確かにふたりの言うとおりだ。まだなにも決まっていない。相手が相手だけに、具体的にどうするかはむずかしかった。

「とにかく、鳴海選手の動きをできる限り監視するべきね」

香緒里が提案すれば、彩花が力強く頷いた。

「野球選手は遠征が多いので、なんとかなりそうです。こちらに戻っているときだけ監視すれば大丈夫ですね」

ふたりの話を聞いて、希望が出てきた気がする。こちらは三人いるのだ。みんなで協力すれば、なんとかなるのではないか。

「いいですね。監視しましょう」

拓己も提案に乗ると、香緒里と彩花が頷いた。

「鳴海選手がデートに誘っても、由菜ちゃんは断ると思うんです。そのとき、アイツがなにをするのか心配です」

「断られたからって引きさがると思えないわ。もしかしたら、強引に迫るかもしれませんね」

彩花はそう言って、香緒里に視線を向ける。

「決定的な証拠があれば、わたしが役員に相談するわ。いくら球団のスター選手でも問題になるはずよ」

広報課長の香緒里なら役員と直接話すことができる。あとは球団が対処してくれるはずだ。

「じゃあ、そういうことで決まりね」

いつも以上に香緒里が頼もしく感じた。

具体的な案がまとまり、拓己の心はようやく落ち着きを取り戻した。ふたりが協力的で本当によかった。

「俺、やります。必ず由菜ちゃんを守ってみせます」

思わず言葉に力がこもる。気づくと両手を強く握りしめていた。

4

「ずいぶん気合が入っているわね」

「本当ですね。由菜ちゃんに特別な感情があるみたい」

香緒里と彩花がからかうように語りかけてくる。

ふたりは拓己の両側に立ち、手を肩に乗せていた。それだけではなく、唇を拓己の耳もとに寄せている。

「なにか隠してるんじゃない？」

「正直に言っちゃいなさいよ」

「べ、別に……な、なにも……」

拓己は慌ててごまかそうとするが、しどろもどろになってしまう。胸に秘めた想いを見抜かれた気がして、激しく動揺していた。

「なにもないって言うの？」

「なにかあるように見えますよね」

なぜか香緒里と彩花の息はぴったり合っている。

そういえば、彩花は香緒里に相談のメールを送っていた。ふたりは以前からメールのやり取りをする仲だったのだろうか。

「あ、あの、ひとつ聞いてもよろしいでしょうか」

拓己は遠慮がちに切り出した。

「課長と彩花さんって、お知り合いだったんですか？」

「そうよ。だって、わたしはスターズガールのＯＧだもの」

香緒里は当然のように答える。

十年前、香緒里はスターズガールのリーダーだった。そして、今は彩花がリーダーを務めている。どうやら、リーダー同士でつながっていたらしい。

「それだけじゃないの。わたしと香緒里さんは同じ大学を出てるのよ」

彩花が情報をつけ足した。

年は離れているが大学の先輩後輩だ。しかも、彩花がはじめてオーディションを通過したときのリーダーが香緒里だったという。そういうことなら、ふたりの距離が近いのも納得だ。

「ところで……」

香緒里が耳もとでささいた。

唇がさらに寄せられて、耳に触れそうになっている。吐息がかかり、背すじがゾクゾクするような感覚がひろがった。

「キミ、彩花ちゃんと寝たんですってね」

予想外の言葉をかけられて硬直する。拓己はとっさに答えることができず、前を向いたまま固まっていた。

「ね、寝たって……ど、どういうことでしょうか」

鎌をかけられているだけではないか。必死にごまかそうとするが、香緒里は耳もとに唇を寄せたまま、ふふっと笑った。

「セックスのことに決まってるじゃない」

あからさまな単語を耳に吹きこまれてゾクリとする。香緒里がそんなことを言うとは思いもしなかった。

「彩花ちゃんとセックスしたんでしょう」

再び香緒里が耳もとでささやく。

どうして、そのことを知っているのだろうか。拓己は誰にも話していない。ということは、彩花から聞いたとしか思えなかった。

顔は前に向けたまま、目だけを動かして左を見やる。すると、彩花が妖しげな笑みを浮かべていた。

「どうして黙ってるの？」

やはり彩花も耳もとに唇を寄せてささやく。熱い吐息が耳孔に流れこみ、思わず体が震えてしまう。

「香緒里さんに教えてあげたらいいじゃない。わたしと、はじめてのセックスをしたときのこと」

彩花はさらりと真実を明かした。

右側にいる香緒里は楽しげに笑っている。まったく驚いていないので、事前に聞いていたのは間違いない。

「あのときの拓己くん、かわいかったなぁ」

彩花が懐かしそうにつぶやいた。

呼び方が「拓己くん」に変わっている。筆おろしのとき、彩花はそう呼んでいたのだ。拓己もあの日のことはしっかり記憶していた。

（どうなってるんだよ……）

羞恥で顔が燃えるように熱くなっている。

大学の先輩後輩だからといって、そんなことまで話すものだろうか。わけがわからないまま、拓己は顔をうつむかせた。

「わたしのときもかわいかったわよ。一生懸命に腰を振って」

突然、香緒里が語りはじめる。

あの夜のことはふたりだけの秘密だったのではないか。それなのに楽しげな笑みさえ浮かべていた。

「な、なにを言ってるんですか」

拓己は慌てて口を挟むが、すべて彩花に聞かれてしまった。恐るおそる視線を向けると、彩花はニヤニヤ笑っている。

「ふうん……香緒里さんともセックスしたのね」

そう言って見つめてくるが、驚いている様子はない。口ぶりから、すでに知っていたのは明らかだ。

「ちょ、ちょっと……なんで……」

拓己は右側の香緒里と左側の彩花を交互に見やった。

ふたりとも微笑を浮かべており、至近距離から見つめている。やがて両側から耳にキスをされて、甘い刺激が全身を駆け抜けた。

「ううっ……」

小さな呻き声を漏らしながら、ようやく事態を把握する。

香緒里と彩花は、拓己とセックスしたことを暴露し合っていたらしい。ふたりがこれほど仲がいいとは知らなかった。

「そういうことで……」

「そろそろはじめましょうか」

両側から香緒里と彩花がささやいた。

いったい、なにがはじまるというのだろうか。拓己は不安に駆られて、無意識のうちに背中をまるめて顔をうつむかせた。

「そんなに怖がらなくてもいいでしょう」

「そうよ。一度はセックスした仲じゃない」

両側から同時にささやかれると、息が耳を撫でる刺激が二倍になる。たまらず腰がブルルッと小刻みに震えて、股間に血液が流れこむのを意識した。

「わたしたち以外ともセックスしたの？」

香緒里が耳たぶにキスをしながら尋ねる。

「い、いえ……」

拓己は刺激に耐えながら小声で答えた。

「由菜ちゃんとセックスしたんじゃないの？」

今度は彩花が質問する。身体をぴったり寄せており、タンクトップに包まれた乳房が腕に押しつけられていた。

「し、してません」

ホテルには行ったが、最後までできなかった。残念な思い出だが、由菜は疲れきっていたので仕方ない。いつかまたチャンスが訪れることを願っていた。

「そうなの、意外ね」

彩花は少し驚いた顔をする。

ふたりがつき合っていると思いこんでいたらしい。しかし、実際は溝ができて距離が空いていた。

「じゃあ、わたしたちしか知らないのね。今のうちに練習しておいたほうがいいんじゃない？」

香緒里がささやくと、彩花が同意してうなずいた。

「お姉さんが、どれくらい上達したのか試してあげる」

ふたりの美女に迫られて、期待がふくらんでいく。同時にペニスまでふくらみ、スラックスの前が盛りあがった。

「ううっ……」

「あら、沢野くんったら、もう大きくなってるじゃない」

「やる気満々ね。たっぷり楽しみましょう」

ふたりはそう言って、いったん拓己から離れる。そして、見せつけるようにしながら服を脱ぎはじめた。

5

香緒里がジャケットを脱いで、タイトスカートをおろしていく。ストッキングもスルスルと引きさげて、つま先から抜き取った。

白いブラウスの裾がミニスカートのようになっている。股間は隠れているが、むっちりした太腿がつけ根近くまで露出していた。

「沢野くん、息が荒くなってるわよ」

香緒里が微笑を浮かべて、ブラウスのボタンを上から順にはずす。ゆっくり脱ぎ去れば、黒のセクシーなブラジャーとパンティだけになった。

(ま、また、課長と……)

拓己は喉をゴクリと鳴らして生唾を飲みこんだ。

一度きりの関係だと思っていた。しかし、今まさに目の前で香緒里が白い肌をさらしている。両手を背中にまわしてホックをはずせば、カップを押しのけるようにして双つの大きな乳房が現れた。

紅色の乳首はすでに勃っている。見られることで、香緒里も興奮しているのかもしれない。

さらにパンティのウエスト部分に指をかけて、前屈みになりながら引きさげる。すると、恥丘にそよぐ黒々とした陰毛が露になった。楕円形に整えられているが、鬱蒼《うっそう》と生い茂っていた。

(やっぱり、すごい……)

拓己は思わず目を見開いた。

三十六歳の熟れた女体に圧倒される。まだ記憶に新しいが、それでも実際に目の前で見るとすごい迫力だ。

「わたしも、脱いじゃおうかな」

彩花もタンクトップを脱いで、ミニスカートをあっさりおろす。水色のブラジャーとパンティが露になると、視線を意識して腰をよじった。

「なに見てるの?」

そう言いながらも、彩花はうれしそうに笑っている。

見られることでテンションがあがるらしい。ブラジャーのホックをはずしてカップをずらせば、張りのある乳房が現れる。やはり乳首が硬くなっており、充血して濃いピンクになっていた。

パンティをゆっくり引きさげると、逆三角形に整えられた陰毛が見えてくる。恥ずかしげに内腿をぴったり閉じて、くびれた腰をくねらせる姿が色っぽい。乳房も誘うようにタプタプと波打った。

（こ、こんなことが……）

拓己は瞬きするのも忘れて、眼前の光景を見つめていた。

直属の上司である香緒里と、スターズガールのリーダーである彩花が全裸になっている。しかも、ここは仕事で何度も使ったことのある小会議室だ。上司の指示を受けて、同僚たちと話し合いを重ねてきた場所で、ふたりの美女が生まれたままの姿になって目の前に立っているのだ。

「どういうことしたいの？」

香緒里が口もとに笑みを浮かべて尋ねる。

「気持ちいいことしてほしいでしょう」

彩花も悩ましい表情で語りかけてきた。

ふたりは乳房も尻も恥丘も、すべてを露出させて腰をくねらせている。これほど刺激的な光景があるだろうか。挑発するように拓己の顔を見つめて、ゆっくり歩み寄ってきた。

「か、会社で、こんな……」

喉がカラカラに渇いており、かすれた声しか出なかった。

香緒里がうしろにまわりこみ、背中から抱きついた。拓己のジャケットを脱がせると、両手を前にまわしてネクタイを緩めていく。

「会社だから、どうしたの？」

「だ、誰かに見つかったら……」

「こんな時間、誰もいないわよ。それに鍵をかけてあるから心配ないわ」

仕事に厳しい上司の言葉とは思えない。香緒里はネクタイを抜き取り、ワイシャツのボタンもはずしはじめる。

「か、課長、なにを……」

「なにもしなくていいわよ。わたしが脱がしてあげるから」

香緒里はそう言って、ボタンをすべてはずしてしまう。

「下はわたしにまかせてね」

彩花が目の前にしゃがみこみ、ベルトを緩めてスラックスを引きさげる。

グレーのボクサーブリーフは股間が大きく盛りあがり、我慢汁の染みがひろがっていた。

「もうパンパンじゃない」

そう言いながら、彩花が細い指をボクサーブリーフのウエスト部分にかける。しかし、すぐには引きさげずに指で周囲をくすぐった。

「ちょ、ちょっと……」

「ふふっ、期待してるのね」

彩花は意地悪く笑うと、ボクサーブリーフをゆっくりおろした。押さえられていたペニスが、いきなりブルンッと跳ねあがる。亀頭は破裂しそうなほど張りつめて、太幹には血管が稲妻のように浮かんでいた。

「あンっ、すごいわ」

彩花が喘ぎまじりにつぶやき、スラックスとボクサーブリーフを脚から完全に抜き取った。

上半身の服も香緒里によって奪われている。これで拓己が身につけている物はなにもなくなった。会社の小会議室で三人とも裸になっている。しかも、拓己のペニスはこれでもかと勃起していた。

(俺は、なにをやってるんだ……)

由菜を守る相談をしていたのに、なぜか裸に剝かれてしまった。

頭ではいけないと思いつつ、ふたりの美女に迫られて興奮している。生まれたままの姿で誘惑されて拒めるはずがない。すでに引き返せないほど、拓己の欲望は高まっていた。

「ねえ、どんなふうにかわいがってほしい？」

背中から香緒里がからみつき、両手を胸板に這わせている。指先で乳首を転がされると、甘い刺激がひろがった。

「ううっ……」

「乳首が感じるのね。じゃあ、ここは?」

今度はうなじについばむようなキスをくり返す。さらには唇を滑らせて、耳にむしゃぶりついた。

「か、課長……」

思わず背後を振り返ったとき、今度はペニスに快感がひろがった。目の前にしゃがみこんでいる彩花が、太幹にほっそりした指を巻きつけたのだ。

「硬い……すごく硬いわ」

ゆったりしごかれると、とたんに亀頭の先端から我慢汁が溢れ出す。腰が震えるほど気持ちいい。快楽に流されて、全身が熱く燃えあがっていく。

「くううッ、あ、彩花さんっ」

「気持ちよさそうな顔しちゃって。でも、まだまだこれからよ」

彩花はそう言うと股間に顔を寄せる。まさかと思っている間に舌を伸ばして、亀頭の裏側をねろりと舐めあげた。

「うううッ」

呻き声を抑えられない。ペニスはますます硬くなり、新たな我慢汁が次から次へと溢れてしまう。

そうしている間も、背後からは香緒里がねちっこい愛撫を施している。両手で左右の乳首をいじりながら、耳や首スジを執拗に舐めまわす。さらには背後でしゃがみこむと、尻たぶを割り開いて肛門を剝き出しにした。

「うわっ、な、なにを……」

「ここも気持ちいいのよ。教えてあげる」

香緒里は妖しげな声でささやき、尻穴に口づけする。さらには舌を伸ばして、不浄のすぼまりを舐めはじめた。

「そ、そんなところ……くううッ」

はじめての感覚にとまどいの声をあげる。

あのクールな香緒里が、まさか排泄器官に口をつけるとは思いもしない。丁寧に舐めまわしては、唾液をたっぷり塗りつける。そして、唇を密着させるとチュウチュウ吸いあげるのだ。

「お尻も感じるでしょう……はンンっ」

「ダ、ダメです……ううッ」

口ではそう言いながら、全身が震えるほど感じている。尻穴がこれほど気持ちいいとは知らなかった。

「くうッ、そ、そこは……」

「ここがいいのね」

香緒里は拓己の反応を見ながら、徐々に愛撫を激しくしていく。舌先をとがらせると、肛門の中心部分をツンツンと小突きはじめた。

「あッ、ダ、ダメです……あううッ」

「拓己くんったら、女の子みたいに喘いじゃって。オチンチンも気持ちよくしてあげるわね」

亀頭の裏側を舐めていた彩花が、ペニスの先端をぱっくり咥えこむ。唇を太幹に密着させると、瞬く間に根元まで呑みこんだ。

「おおおおッ」

たまらず呻き声をあげてしまう。

肛門を香緒里に舐められながら、ペニスを彩花にしゃぶられている。敏感な部分を二ヵ所を同時に愛撫されて、凄まじい快楽が押し寄せた。

「お尻の穴がほぐれてきたわ。そっちはどう？」

「オチンチン、すごくカチカチになってます」

香緒里と彩花が前後で言葉を交わしている。拓己の体を味わいながら、楽しそうに話しているのだ。

やがて香緒里の舌が尻穴に浅く埋めこまれる。クチュッという湿った音がして、ヌルヌルと入りこんできた。

「くおおおッ」

体をのけぞらせて呻くと、彩花が首の振り方を加速させる。硬くなった竿を柔らかい唇で猛烈にしごかれた。

「そ、そんなにされた……ううう ッ、も、もうっ」

射精欲がこみあげて。頭のなかがまっ赤に燃えあがる。懸命に訴えると、尻穴をしゃぶっていた香緒里が唇を離した。

「まだイッたらダメよ」

そう言いながら前にまわりこむ。そして、彩花の隣でひざまずくと、拓己の脚の間に潜るようにして陰嚢《いんのう》を舐めはじめた。

「ここはどう？」

「か、課長っ、そ、そこも気持ちいいですっ」

玉袋をヌルヌル舐められるのがたまらない。しかも、太幹は彩花に咥えられているのだ。

ふたりがかりでペニスをしゃぶられる。香緒里も彩花も、街を歩けば誰もが振り返るような美女だ。こんな贅沢な愛撫があるだろうか。拓己はいよいよ射精欲を抑えられなくなり、全身をガクガクと震わせた。

「も、もうダメですっ、で、出ちゃいますっ」

大声で訴える。しゃぶられている睾丸がキュウッとあがり、沸騰したザーメンが勢いよく流れはじめた。

その直後、彩花が唇をペニスから離して、香緒里も陰嚢への愛撫を中断して顔をあげる。解放された男根が思いきり脈動をすると同時に、大量の白濁液がドクドクと噴きあがった。

「くおおおッ、で、出る出るっ、おおおおおおおおッ！」

凄まじい快楽が全身を貫き、尿道口から精液が噴出する。ペニスが跳ねまわることで、精液は右に左に飛び散った。

「あああッ、拓己くんっ」

「はああッ、すごいわっ」

大量の白濁液が、彩花と香緒里の顔に降り注ぐ。唇や鼻、頬にも付着するが、彼女たちはいやがるどころか、うっとりとした表情で受けとめた。

「もっとよ、もっと出して」

ふたりが両側から太幹に指を巻きつける。射精中のペニスをしごかれて、さらなる快感が突き抜けた。

「おおおッ、くおおおおッ」

まるで間歇泉《かんけつせん》のように、白濁液が二度、三度と噴きあがる。

絶頂の愉悦がひとまわり大きくなり、頭のなかがまっ白になっていく。全身がガクガク震えて立っていられなくなり、その場に尻餅をついた。危うく気を失うかと思うほどの快楽だった。

6

(まさか、こんなことが……)

信じられないことが現実になっている。

つい先日まで童貞だったのに、香緒里と彩花から濃厚な愛撫を受けて射精に導かれた。しかも、ふたりの美女の顔に精液をぶちまけたのだ。達している最中は興奮していたが、落ち着きを取り戻すと罪悪感がこみあげた。

ところが、ふたりはまったく気にしている様子がない。それどころか、ティッシュで顔を拭くと、昂《たかぶ》った表情で立ちあがった。そして、ガラス窓の前に移動して、こちらに尻を向けたのだ。

窓の向こうは暗くて見えないが、そこにはグラウンドがひろがっている。新潟スターズの選手たちが躍動して、スターズガールたちがダンスを披露する場所だ。そんな神聖なるグラウンドを前にして、淫らな行為に耽《ふけ》っているのだ。

いけないことをしていると思うと、よけいに興奮してしまう。おそらく拓己だけではない。きっとふたりも同じ興奮を味わっている。この背徳的な状況で、なおさら昂っているのだ。

香緒里の熟れた尻と彩花の瑞々しい尻が並んでいる。甲乙つけがたい美尻が、拓己の目の前で揺れていた。

「沢野くん、まだできるでしょう」

「ああンっ、拓己くん、早くちょうだい」

ふたりは欲望を隠そうともせず、拓己のペニスを求めている。はしたなくヒップを左右に振り、挿入をねだっているのだ。

(い、いいのか……本当に……)

大量に射精したというのに、異常な興奮状態でペニスはまだ勃起している。自分でも驚くくらい、ガチガチに硬くなっていた。

「なにしてるの……ねえ、来て」

「わたしも、欲しい……」

香緒里と彩花が競うように声をかけてくる。

夢のような状況だ。いや、もしかしたらすべて夢なのかもしれない。それならそれで構わない。こうなったら思いきりセックスするだけだ。ふたりに挿入して、夢の快楽を堪能するつもりだ。

（よ、よし……）

拓己は立ちあがると、尻を突き出しているふたりに歩み寄る。まずは香緒里の背後に立ち、熟れた尻たぶに手をかけた。

「ああっ、沢野くん」

先に選ばれたことで、香緒里がうれしそうな声をあげる。

むっちりした尻には適度に脂が乗っており、そっとつかんだだけで指がめりこむほど柔らかい。臀裂を左右にぱっくり割り開けば、恥も外聞もなく濡れそぼった女陰が剝き出しになった。

（こんなに濡らして……）

よほど欲しかったに違いない。しかし、はじめての立ちバックで緊張する。拓己は亀頭の先端を陰唇に押し当てると、慎重に押し進めていく。

「あああッ、こ、これ……これよ」

香緒里の背中が反り返り、膣口がキュウッと締まった。

（は、入った……）

うまく挿入できたことでほっとする。

亀頭さえ入ってしまえば、あとはなんとかなりそうだ。さらに腰を押しつけて、ペニスを蜜壺のなかに埋めていく。やがて根元まですべて収まり、熱い蜜壺が太幹を包みこんだ。

「あああッ、大きいわ」

「くううッ」

ペニスにじんわりと快感がひろがった。

射精した直後なので余裕がある。膣粘膜の柔らかさと熱さ、それに華蜜の潤いをじっくり味わった。

「動いて……お願い」

香緒里が濡れた瞳で振り返って懇願する。ふだんはクールな女上司が、ピストンされることを望んでいた。

(課長が、俺のチンポをほしがってるんだ)

考えるだけで興奮する。

拓己はくびれた腰をつかむと、さっそく腰を振りはじめた。まずはスローペースのピストンだ。ペニスをゆっくり後退させると、亀頭が抜け落ちる寸前でとめて、再び押しこんでいく。

「ああンっ……」

軽く動かしただけなのに、香緒里の唇から甘い声が溢れ出す。その反応に気をよくして、少しずつ腰の振り方を速くする。

「あっ……あっ……」

香緒里がいい声で喘いでくれる。だから、はじめての立ちバックでも拓己は自信を持ってピストンできた。

(そうか、これでいいんだ)

ペニスをグイグイ出し入れすれば、膣道全体が大きくうねる。奥から愛蜜が溢れ出して、動きがどんどんスムーズになっていく。

「ああっ、い、いいっ」

香緒里が大きな声をあげたとき、隣で尻を突き出している彩花が拗《す》ねたように身体をよじった。

「ねえ、わたしのこと忘れてない?」

涙目になって拓己のことをにらみつける。

「ま、まさか忘れてませんよ……」

本当は香緒里とのセックスに没頭していたが、そんなことを言えるはずがない。拓己は腰を引いて、いったん女壺からペニスを引き抜いた。

「ああンっ……」

香緒里が不服そうな声を漏らす。ねっとりした瞳を向けられるが、彩花を放っておくわけにもいかない。

「あとで、また……」

「約束よ。ウソをついたら許さないから」

「は、はい……」

返事をしながら、これは大変なことになったと思う。

ハーレム状態でウハウハしていたが、浮かれてばかりもいられない。彩花とセックスしてから、再び香緒里に戻らなければならなかった。

「拓己くん、なにしてるの？」

彩花が焦れたように尻を振る。

「お、お待たせしました」

拓己は慌てて背後に移動すると、張りのある尻たぶを両手でつかんだ。臀裂を割り開けば、愛蜜をたっぷり湛えた女陰が露になる。二枚の襞が物欲しげに蠢いており、割れ目から透明な汁が次々と湧き出していた。

亀頭を押し当ててグッと突き入れる。すると、先端がいとも簡単に沈んで、一気に半分ほど滑りこんだ。

「あああッ、い、いきなり……」

彩花が驚いた声をあげて、腰を大きく反らしていく。同時に膣口が締まり、太幹を思いきり食いしめた。

「くおおおッ」

勢いのまま根元まで挿入すると、さらに締まりが強くなる。強烈な快感がこみあげるが、一度射精しているので耐えられた。

「動いて……思いきりかきまわして」

どうやら待たされたことで我慢できなくなっているらしい。彩花が尻を左右に揺らしてピストンをねだる。それならばと拓己はくびれた腰をつかみ、さっそくペニスをスライドさせた。

「あッ……ああッ……こ、これ、これがほしかったの」

彩花の甘い声が小会議室に響きわたった。

目の前の窓ガラスの向こうは、いつもダンスを踊っているグラウンドだ。ふだんは厳しいリーダーだが、今は腰をくねらせて快楽を享受していた。

「あ、彩花さんのなか、すごくウネウネして……ううッ」

感じているのは拓己も同じだ。

無数の膣襞がからみつき、亀頭と太幹の表面を這いまわっている。愛蜜も大量に分泌されているため、ヌルヌルと滑る感触が心地いい。自然と腰の振り方が速くなっていく。

「おおッ……おおおッ」

「ああッ、ああッ、も、もっと……もっと突いて」

さらなるピストンを欲して、彩花が尻をグイッと突き出した。その結果、ペニスがより深くまで入りこみ、亀頭の先端が最深部に到達する。

「はあああッ」

彩花の背中が思いきり反り返り、甲高い嬌声《きょうせい》が溢れ出す。尻たぶが小刻みに震えて、太幹をさらに締めつけた。

「す、すごいっ……」

拓己は女体に覆いかぶさると、両手を前にまわして乳房を揉みあげる。そうしながら、腰を全力で振りはじめた。

「おおおッ、おおおおッ」

「は、激しいっ、ああぁッ」

乳首を摘まみあげれば、彩花の喘ぎ声が大きくなる。全身の感度がアップしているらしく、どこに触れても激しく反応するようになっていた。

（ああっ、最高だ……）

拓己はうっとりしながら腰を振っている。

乳房の蕩けそうな感触と、乳首のグミのような弾力がたまらない。うねる女壺に締めつけられて射精欲がこみあげる。慌てて尻の筋肉に力をこめながら、さらに抽送速度をあげていく。一気に彩花を追いあげようと、亀頭の先端で膣奥を何度もたたきまくった。

「そ、そこばっかり、あああッ」

女体がガクガクと震え出す。彩花は尻を突き出したまま顎を跳ねあげて、いよいよ手放しで喘ぎはじめた。

「あああッ、い、いいっ、気持ちいいのっ」

「くおおおッ」

「はああッ、す、すごいっ、も、もうダメっ」

彩花の声が切羽つまり、ついに絶頂の大波が押し寄せる。ペニスを深くまで突きこんだ衝撃で、女体が激しく痙攣した。

「き、気持ちいいっ、あああッ、イ、イクッ、あぁあああああああッ！」

あられもない嬌声を響かせながら、彩花がアクメに昇りつめていく。女体が仰け反り、凄まじい力でペニスを締めつけた。

「うむッ……」

拓己は必死に奥歯を食いしばり、なんとか射精欲をやり過ごす。もう少しで暴発しそうになったが、ギリギリのところで耐え忍んだ。

（あ、危なかった……）

全身汗まみれになっている。ペニスをゆっくり引き抜くと、彩花は力つきたようにその場でへたりこんだ。

ペニスは勃起したままで、愛蜜にまみれてヌラヌラと妖しげな光を放っている。それを目にした香緒里が、いきなり手を伸ばして指を巻きつけた。

「もう我慢できないわ。早くちょうだい」

「ちょ、ちょっと待ってください」

拓己が声をかけるが、香緒里は聞く耳を持たない。立ちバックの姿勢のまま、自分の女陰へとペニスを誘導した。

「あンっ、お願い……挿《い》れて」

隣で彩花が達する姿を目の当たりにして、完全に発情している。仕事ができる上司とは思えないほど、淫らな表情になっていた。

「じゃあ、挿れますよ」

拓己も異常なほど昂っている。何度も我慢したことで、常に絶頂寸前の状態になっていた。

「ふんんッ」

亀頭を埋めこみ、そのまま一気に根元まで挿入する。とたんに女壺が締まり、香緒里は全身に痙攣を走らせた。

「はあああぁッ、ダ、ダメっ、あああああああッ！」

凄まじい喘ぎ声が響きわたる。どうやら、挿入しただけで軽いアクメに達したらしい。よほど飢えていたのか、一瞬で昇りつめてしまった。

「もうイッたんですか？」

思わず声をかけると、香緒里は首を小さく左右に振る。しかし、女壺は痙攣をつづけており、絶頂に達したことは明らかだ。

「課長のここ、すごく締まってますよ」

ペニスを締めつけられて、拓己の興奮も高まっている。香緒里が絶頂から降りてくるのを待っていられず、いきなり腰を振りはじめた。

「あああッ、ま、待って、はあああぁッ」

香緒里がとまどいの声を漏らして振り返る。瞳はねっとり潤んでおり、半開きになった唇から透明な涎《よだれ》が垂れていた。

「どうかしたんですか？」

拓己が惚《とぼ》けてつぶやけば、香緒里は困ったような顔になる。しかし、ピストンがつづいているため、すぐに艶めかしい声を振りまいた。

「はあああンっ、お願いだから待って……」

懇願されると獣欲が刺激される。拓己のなかで欲望が高まり、香緒里を責めたい気分になっていた。

「い、今はダメなの……」

「だから、どうしてですか？」

「イ、イッたばっかりだから……」

ついに香緒里が正直につぶやく。しかし、ピストンをやめるつもりはない。もう抑えられないほど興奮していた。

「か、課長っ、くおおおッ」

全力で腰を振り、ペニスを力強く出し入れする。擦れるほどに快感が増して、射精欲が急激に盛りあがっていく。

「こ、これは……ううぅッ」

「ああッ、ダ、ダメっ、あああぁッ」

香緒里の喘ぎ声も大きくなる。軽い絶頂に達した直後のピストンで、さらなる高みを目指して昇りはじめた。

「ああッ、あああッ、す、すごいわっ」

「くおおおッ、き、気持ちいいっ」

こらえにこらえてきた快感が爆発しようとしている。女壺のなかで亀頭がパンパンに張りつめて、太幹も小刻みに震え出した。

「あああッ、い、いいっ、またイキそうっ」

香緒里の女壺が猛烈に収縮している。男根をしっかり食いしめて、汗ばんだ背中が反り返った。

「はあああッ」

「お、俺も……ぬおおおおッ」

もうこれ以上は我慢できない。ペニスをいちばん深いところまで突きこむと、快楽に身をまかせてザーメンを噴きあげる。蠢く膣襞に包まれた太幹が脈動しながら、大量の精液をまき散らした。

「き、気持ちいいっ、おおおおおおおおッ！」

絶頂の嵐が吹き荒れる。女壺が波打ち、ペニスを奥へ奥へと引きこんでいく。その動きが射精をうながして、ザーメンが強制的に吸いあげられた。

「くおおおッ、す、すごいっ、おおおおおおッ！」

「あああッ、い、いいっ、またイクッ、あああッ、イクうううッ！」

香緒里もオルガスムスの嬌声を響かせる。背中を反らしてアクメを告げながら、全身をガクガクと震わせた。

拓己は女体に抱きつくと、両手で香緒里の乳房を揉みあげる。射精しながら柔肉の感触を味わい、先端でしこっている乳首を転がした。女体が反応してペニスを締めつけることで、快感がさらに大きくなっていく。

欲望にまかせて腰を延々と振りつづける。大量の精液を放出して、ついにふたりは折り重なるようにして崩れ落ちた。

隣には彩花も横座りしている。瞳は虚《うつ》ろで、全身がじっとり汗ばんでいた。まだ服を着る気力もないようだ。小会議室での背徳感溢れるセックスは、かつてないほどの愉悦を生み出した。

三人はハアハアと息を乱して、絶頂の余韻を噛みしめていた。

第五章　今夜は独り占め

1

香緒里と彩花に相談した二日後——。

新潟スターズはホームゲーム三連戦の最終日を迎えていた。

一斗の件は明確な解決策がないままだった。仲間と雑談を交わしていただけで、まだ由菜に接近している様子もない。話している内容は下劣だったが、冗談だと言われたらそれまでだ。今の段階では対処のしようがなかった。

結局、三人で一斗を監視するということで話はまとまっていた。連絡先を交換したので、なにか異常があればすぐに伝えることになっている。とにかく、どんなことがあっても由菜を守ると決めていた。

試合はつい先ほど終わったところだ。一斗のソロホームランで新潟スターズが先制したが、逆転負けを喫してしまった。

由菜はまだねこねこダンスのメンバーに復帰していない。ほかのパフォーマンスには出ているが、目玉のねこねこダンスは踊れていなかった。それでも、決してめげることなく練習していた。

(俺もがんばらないとな……)

拓己は心のなかでつぶやき、自分自身に言い聞かせる。

由菜の努力している姿が、拓己に影響を与えているのは間違いない。次に由菜がねこねこダンスを踊るとき、最高の映像を撮りたかった。

今日の撮影はまずまずだと思う。アングルをいろいろ変えて研究しているところだが、少しわかってきた気がした。

拓己はカメラと三脚をかたづけて、バックヤードに戻った。

この時間は彩花が由菜といっしょにいるので安全だ。一斗が近づいても監視してもらえることになっていた。

いったん事務所に戻って荷物を置くと、スターズガールの更衣室に向かう。これから彼女たちを駅まで送らなければならない。ホームゲームの日はやることが多くて大変だ。

更衣室の前に到着して、メンバーが出てくるのを待ち受ける。

しばらくすると、着替えを終えたメンバーたちが出てきた。ところが、由菜と彩花の姿が見当たらない。

（おかしいな……）

ずいぶん遅いが、なにかあったのだろうか。すでにほかのメンバーたちはそろっていた。

「月島さんとリーダーが出てきませんね」

拓己が声をかけると、メンバーたちは顔を見合わせる。どうやら、更衣室にふたりの姿はないようだ。

「ちょっと待って、誰か知りませんか？」

みんな首を傾げるだけで、行方を知っている者はいない。いったい、どこに消えてしまったのだろうか。

「そういえば、さっき廊下で鳴海選手を見かけたわよ」

誰かがぽつりとつぶやいた。

「えっ……」

いやな予感がこみあげる。

一斗が更衣室を訪れたというのだろうか。

選手とスターズガールの交際は禁止されている。その規則は選手たちも知っているので、更衣室を訪れることはまずなかった。

(それなのに、来たってことは……)

拓己は思わず眉根を寄せた。

いよいよ由菜を狙って動き出したのではないか。危険が迫っている気がしてソワソワした。

「鳴海選手は誰かといっしょでしたか?」

「チラッとみただけだからわからないわ」

「そうですか……」

どうすればいいのだろうか。由菜だけではなく彩花もいないということは、行動をともにしている可能性が高かった。

そのとき、内ポケットのなかのスマホが振動した。取り出して確認すると彩花からの着信だった。みんなに断ってから電話に出る。

「もしもし――」

「鳴海選手が由菜ちゃんに話しかけてるわ」

拓己の声を遮り、いきなり彩花の切迫した声が聞こえた。

「デートに誘ってるみたい。由菜ちゃんはやんわり断ってるけど、鳴海選手がしつこいの」

「やばいじゃないですか」

ほかのメンバーがいるので声を潜める。胸に不安がひろがり、居ても立ってもいられない気持ちになっていた。

「今すぐ危険って感じではないわ。球場のなかだし、由菜ちゃんも断ってるから」

それを聞いても安心できない。今すぐ駆けつけたい気分だ。

「とにかく、そのまま監視をつづけてもらえますか。俺はみんなを駅まで送らなければならないので」

「それがダメなのよ。どうしても抜けられない仕事が入っているの」

彩花が申しわけなさそうにつぶやいた。

地元テレビ局のスポーツニュースに生出演が決まっているという。なにしろ、彩花は人気爆発中のスターズガールのリーダーだ。突発的に仕事が入ってくることもめずらしくないという。

「香緒里さんに電話しても、つながらないの。メールも送ったけど、いつ読んでもらえるかわからないわ」

「そんな……」

「どうしよう、もう行かないと間に合わないわ」

彩花が困っている。テレビ出演も球団をアピールする大切な仕事だ。

「わ、わかりました。あとは俺がなんとかします」

「お願いしてもいいかな。鳴海選手と由菜ちゃんは、選手用の旧ロッカールームの近くにいるわ」

彩花の言葉を聞いて思い出す。

バックヤードに今は使われていない古いロッカールームがある。トレーニングルームに改装される予定だが、まだ手つかずだった。

（あんな場所に……）

あまり人が通らない場所だ。一斗がなにか企んでいる気がしてならない。彩花がいなくなったあとが心配だ。

「一斗の監視は俺が替わります。彩花さんはテレビ局に向かってください」

電話を切ると、拓己はスターズガールのメンバーに向き直る。

――すみませんが、少し待っていてもらえますか。

そう言おうとしたとき、みんながこちらを見ていることに気がついた。

いったい、どうしたというのだろうか。全員が拓己のことをじっと見つめているのだ。いつもと違う雰囲気に違和感を覚えた。

「なにか大切な用事があるんですよね」

「わたしたちなら大丈夫よ」

「みんなで注意しながら帰るから心配ないわ」

メンバーたちが次々と声をかけてくれる。

由菜が一斗に狙われていることは話していない。それでも、電話の雰囲気から、なにか深刻な状況だということが伝わったようだ。

「でも……」

ボディガードも拓己の大切な仕事だ。由菜のもとに駆けつけたいが、彼女たちを放っていくのも違う気がした。

「いつも一所懸命やってもらってますから」

「今日はわたしたちが協力するわよ」

「ほら、キミは早く行きなさい」

口々にやさしい言葉をかけられて、胸に熱いものがこみあげる。

突然の異動を言い渡されたときは腐りかけていた。本気で辞めることも考えていたが、ギリギリのところでなんとか踏ん張ってよかったと思う。ふだんはあまり言葉を交わさないが、地道な努力が認められた気がした。

「みなさん、本当にありがとうございます。すみません、行ってきます」

拓己は頭をさげて礼を言う。

スターズガールの担当になったことを誇りに思う。心やさしい彼女たちに感謝しながら、急いで旧ロッカールームに向かった。

2

(いないぞ……)

廊下を進むと、旧ロッカールームが遠くに見えた。

しかし、あたりに人影は見当たらない。すでに彩花はテレビ局に向かっている。由菜と一斗がいるはずだが、周辺はがらんとしていた。

(まさか、どこかに連れ出されたんじゃ……)

顔から血の気がサーッと引いていく。

ふたりで球場の外に出てしまったのかもしれない。そうだとしたら、そう簡単には見つからない。闇雲に街を捜したところでどうにもならない。今夜中に見つけ出すのはあきらめるしかなかった。

(あんなやつと、ひと晩いっしょにいたら……)

想像するだけでも恐ろしくなる。

あの獣《けもの》のような男が、手を出さないはずがない。そもそも由菜の身体が目当てなのだ。ふたりきりになったとたん、押し倒すかもしれない。それくらいのことは、平気でやりそうな気がした。

（クソッ、どこにいるんだよ）

あきらめるわけにはいかない。由菜の身に危険が迫っているのだ。

必死に考えながら廊下を歩きまわる。そして、旧ロッカールームの前に差しかかったとき、微かな声が聞こえた。

（もしかして……）

拓己は思わず立ちどまって耳に神経を集中する。

確かに男と女の話し声が聞こえる。だが、近くに人影は見当たらない。人がいるとすれば、旧ロッカールームしかなかった。

足音を忍ばせてドアに歩み寄る。

鉄製のドアで窓はない。下のほうに通風口はあるが、そこから室内は見ることはできない。しかし、話し声が聞こえる。使われていないはずの旧ロッカールームに誰かがいるのだ。

耳をドアにそっと押し当てる。ひんやりした感触がひろがり、室内の話し声が意外なほどはっきり聞こえた。

「俺のホームラン、見てくれたんでしょ？」

どこか軽い感じの声は一斗に間違いない。

いやな予感がこみあげる。先ほどは女性の声も聞こえた。耳を澄まして室内の様子をじっとうかがった。

「せっかく先制ホームランを打ったのに、ほかのやつらが全然ダメだから、結局、負けちゃったよ」

誰かが相づちを打っているようだが、まだ声は聞こえない。

「俺ひとりが打っても勝てないんだよね。みんなも打ってくれないとさ。それに抑えのピッチャーもダメだよな。最後に逆転されるとガクッとくるよ」

一斗はチームにずいぶん不満があるらしい。

だが、実際は好調でチームはAクラスを維持している。一斗が打たなくても勝った試合はたくさんあるし、抑えのピッチャーも悪くない。

なにより今年から首脳陣が新体制になっているのが大きかった。元メジャーリーガーで若き新監督の荒巻光太郎《あらまきこうたろう》の采配が冴えている。若手もどんどん育っており、後半戦が楽しみになっていた。

「結局、スターズってのは、俺の力でなんとかなってるチームだからね」

一斗は自慢げに語っているが、決してそんなことはない。

グラウンドでスターズガールたちの撮影をするようになり、自然と野球の知識がついていた。ひとりの選手の活躍だけで勝てるほど野球は甘くない。一斗は確かに才能のある選手だが、チームの輪を乱していた。

「あの、それで……」

弱々しい女性の声が聞こえた。

(ゆ、由菜ちゃんだ)

愛《いと》しい人の声を聞き間違えるはずがない。小さな声だったが、すぐに由菜だとわかった。

「さっきのお話のつづきを……」

「えっ、なんだっけ？」

「一軍で活躍するコツを教えてくださるって……」

「ああ、そのことね」

由菜の声は真剣だが、一斗はどこかヘラヘラしている。適当に返事をしているだけで感じが悪かった。

「由菜ちゃんが俺みたいに一軍で活躍するにはどうすればいいか……絶対にほかの人に教えたらダメだよ」

一斗がわざとらしく声を潜めた。

(なるほど、そういうことか……)

なんとなくわかってきた気がする。先ほど彩花から聞いた話を合わせると、全体の流れが見えてきた。

まず一斗は由菜をデートに誘って、やんわり断られている。そこで作戦を変更して、由菜がスターズガールのなかで活躍できるコツを教えると言い出したのだろう。コツは秘密だから誰にも聞かれない場所に行こうと言って、旧ロッカールームに連れこんだ。もちろん、それは由菜とふたりきりになるための口実だ。

普通ならそんな誘いに乗るはずないが、由菜はねこねこダンスのメンバーに選ばれようと必死になっている。しかも相手はスター選手なので、藁《わら》にも縋《すが》る思いで信用してしまったのではないか。

(このままだと、由菜ちゃんが危険だ)

拓己は室内の声を聞きながら、ドアレバーにそっと手をかけた。

鍵がかかっているかもしれない。だが、もし由菜が襲われた場合、ドアをたたいて大声で騒げば、いくら一斗でも行為を中断するだろう。

「コツは簡単なことだよ」

一斗の声が聞こえた。

「どうすればいいんですか？」

由菜がまじめに尋ねる。

もしかしたら、なにかおかしいと感じているのかもしれない。微かに訝《いぶか》るような響きが入りまじっていた。

「由菜ちゃん、恋人はいる？」

「か、関係あるんですか？」

唐突な質問に由菜が動揺する。視線をおどおどと泳がせているのが、実際に見えなくてもわかった。

「関係あるよ。恋をしていると、人は強くなれるんだ。いろんなことを、がんばれるようになるんだよ。キミ、つき合ってる人はいるの？」

もっともらしいことを言っているが、なにか企みがあるに違いない。

拓己はドアに耳を押し当てて声を聞きながら、不安が急速にふくれあがるのを感じていた。

「恋人は……いません」

由菜の返事を聞いて落胆する。

自分の名前を出してほしかったが、それは無理だとわかっていた。なにしろ、まだきちんと告白もしていないのだ。ホテルで一夜を明かしたが、セックスをしたわけでもなかった。

「でも……好きな人はいます」

由菜が恥ずかしげにつぶやいた。

「へえ、それって、どんなやつ？」

「いつも近くで見守ってくれている人です」

一斗の失礼な言い方も気にせず、由菜は誠実な言葉で答える。これまでの弱々しい声ではなく、気持ちのこもった声になっていた。

「そいつって、野球選手？」

「違います。球団職員の方です」

由菜が即座に否定する。球団職員と聞いて、拓己の心は浮き立った。

(それって、もしかして……)

自分のことかもしれない。

そう思うと、落ち着かない気持ちになってしまう。拓己は息をとめて、由菜の次の言葉を待った。

「球団職員かよ」

一斗が鼻で笑う。まるで相手にしていないのが声に滲んでいた。

「まあ、いいや。とにかく、恋人はいないんだね」

「今はまだ……」

「それなら俺とつき合おうぜ」

あまりにも軽い告白だ。いや、これは告白などではない。狙った女性には、いつもこんなことを言っているのだろう。その証拠に、一斗の言葉には愛がまったく感じられなかった。

(アイツ、恋人がいるくせに……)

拓己は思わず奥歯をギリッと噛んだ。

一斗にはモデルの恋人がいる。それなのに、セックスしたいがために、愛のこもらない告白をしているのだ。

「ですから、わたしには好きな人が――」

「そんなことは関係ねえよ。俺とやっておけば、あとで自慢できるぞ」

ふいに一斗の声が荒々しくなる。いよいよ本性を露にしようとしていた。

「あっ、やめてください」

由菜が驚いたような声をあげる。

なにが起きているのだろうか。室内の様子を確認できないのがもどかしい。助けに入ろうとして、ドアレバーをつかんだ手に力をこめた。

(いや、待てよ……)

三人で話し合いをしたときのことを思い出す。

――決定的な証拠があれば、わたしが役員に相談するわ。

あのとき、香緒里はそう言った。

それはつまり決定的な証拠がなければ、一斗を追及できないということだ。由菜にはつらい思いをさせるが、ギリギリまで待たなければならない。早く踏みこんでしまうと、結局、一斗を野放しにすることになるのだ。

「おまえだって、本当は期待してたんだろ」

「な、なにを言ってるんですか」

「一度、チアガールとやってみたかったんだ」

一斗の下劣な言葉が聞こえてくる。

(ク、クソッ……)

今すぐ由菜を助けに行きたい。拓己は悔しさに歯ぎしりしながら、飛びこむタイミングを計っていた。

「ああっ、いやです」

またしても由菜が声をあげる。

しかし、どういう状況なのかわからない。にらまれて怯えているだけなのか、それとも身体にいたずらをされているのか知りたかった。

「いいじゃねえか。すぐに気持ちよくしてやるよ」

「お、お願いです、触らないでください」

由菜の悲痛な声が響きわたる。

一斗に身体を触られているのだ。これ以上、待つことはできない。もはや一刻を争う状況になっていた。

3

「由菜ちゃんっ！」

拓己は大声で名前を呼びながら、ドアレバーをひねった。

鍵はかかっていない。鉄製のドアを開け放つと、明るい室内の様子が目に飛びこんできた。スチール製のロッカーが立ち並ぶなか、中央に置かれたベンチに一斗と由菜が腰かけている。由菜は一斗に肩を抱き寄せられて、ブラウスの上から乳房を揉まれていた。

「さ、沢野さんっ……」

由菜が涙で濡れた瞳を拓己に向ける。助けを求める声に反応して、燻《くすぶ》っていた怒りが燃えあがった。

「この野郎っ！」

拓己は拳を握りしめながら走り出す。そのままの勢いで、驚いた顔をしている一斗の顔面を殴り飛ばした。

「うぐッ……」

拳が鼻っ柱に命中して、一斗が低い呻き声を漏らす。

しかし、プロ野球選手の鍛えあげられた屈強な体はびくともしない。人間的には最低な男だが、球界きってのスラッガーだ。運動などろくにしたことがない拓己のパンチなど、まったく応えていなかった。

「なんだ、おまえは？」

腹に響くような低い声だ。

一斗は怒鳴るわけでもなく、鋭い目で拓己をギロリとにらみつける。そして、ゆらりと立ちあがった。

「さ、沢野さん、逃げて……」

由菜が震えながらつぶやく。それを聞いた一斗の顔に怒りが滲んだ。

「そうか。この女の好きな男ってのはおまえか」

そう言うなり突き飛ばされる。胸を押されただけで、拓己は背後のロッカーに全身を打ちつけた。ガシャーンッという派手な音が響きわたり、直後に鋭い痛みがひろがった。

「お、おまえだけは許さない」

恐怖が湧きあがるが、由菜を残して逃げるわけにはいかない。拓己は勇気を振り絞って立ち向かう。再び拳を振りあげるが、殴るより先に腹を蹴られた。

「ぐふッ……」

一瞬、息がとまり、その場にうずくまる。腹を抱えたまま、立ちあがることができなくなった。

「もう終わりか。情けないやつだな」

さらに蹴りを浴びせられる。肩や背中をドカドカと踏みつけられて、痛みがひろがっていく。

（ゆ、由菜ちゃんは、俺が守るんだ……）

強い意志が体を突き動かす。必死に一斗の脚にしがみつき、ふくらはぎに思いきり嚙みついた。

「痛ッ、なにしやがるんだっ」

一斗が大声をあげて、拓己の胸ぐらをつかんだ。殴られると思ったとき、ロッカールームに複数の足音が響きわたった。

「なにをやってる！」

「これはなんの騒ぎだ？」

「ああっ、沢野くんっ」

迫力のある野太い声と冷静な男性の声、それに慌てた女性の声が聞こえた。

「か、川端《かわばた》さん……監督……」

一斗が焦った声を漏らして、拓己の胸ぐらから手を離す。

ロッカールームに入ってきたのは、新潟スターズのゼネラルマネージャー、いわゆるGMの川端武彦《たけひこ》と、監督の荒巻光太郎、それに広報課長の香緒里だった。

「暴力ざたを起こしおって。いくらなんでも見過ごせないぞ。おまえの悪事をどれだけ庇《かば》ってきたと思ってるんだ」

川端が怒りを滲ませた声で告げる。

「鳴海くん、女の子を泣かせたらダメじゃないか」

荒巻も苛立ちを隠そうとしなかった。

「ち、違うんです。これは誤解です」

この期《ご》に及んで、一斗は言い逃れをしようとする。だが、川端も荒巻も聞く耳を持たなかった。

「鳴海よ、見苦しいぞ」

「これはどうにもならないでしょ。こういう選手はウチにいらないよ」

ふたりに見放されて、一斗は力なくうなだれた。

「ゆ、由菜ちゃん……大丈夫？」

拓己は体の痛みをこらえて立ちあがり、ベンチに座ったまま泣いている由菜に歩み寄った。

「わたしは大丈夫です。ありがとうございます」

「よかった。由菜ちゃんが無事で」

「沢野さんこそ、お怪我が……」

由菜が心配して、新たな涙を溢れさせた。

「こんなのたいしたことないよ……は、ははは っ」

強がって笑ってみせる。すると不思議なことに、痛みが薄らいだ気がした。なにより、由菜と言葉を交わせたことが、特効薬になっているのだろう。

「沢野くん、がんばったわね」

香緒里が柔らかい笑みを浮かべて歩み寄ってきた。

「遅くなってごめんなさい。取引先と打ち合わせ中だったの」

「いえ、大丈夫です。それより、ここにいるって、よくわかりましたね」

「打ち合わせが終わってから彩花ちゃんのメールを見て、急いで沢野くんのスマホのGPSをチェックしたのよ」

さすがはできる上司だ。スマホのGPSとは考えもしなかった。そして、拓己が悪事の決定的な証拠を押さえると踏んで、川端と荒巻にも声をかけたという。用意周到とはまさにこのことだ。

よかった。

（でも、なにより……）

拓己は由菜に視線を向ける。泣きじゃくっているが、とにかく助けることができて

「沢野さん……」

由菜が拓己の手をすっと握ってくれる。

両手で包みこまれて、思わずうっとりしてしまう。柔らかくて温かくて、心に染みわたるような感触だった。

「沢野さんが来てくれなかったら、今ごろどうなっていたか……本当にありがとうございます」

あらためて礼を言われると照れくさい。拓己は由菜の手を握り返すが、おどおどと視線をそらした。

「なに照れてるのよ」

ふいに背後から声をかけられる。

振り返ると、香緒里がニヤニヤしながら見つめていた。

川端も笑みを浮かべて鷹揚《おうよう》に頷いている。荒巻は目が合うとウインクをして、お得意のサムアップポーズを取った。

顔が赤くなっているのを自覚する。

まだ告白したわけではない。ふたりの距離が縮まって、溝が埋まっただけだ。それでも、久しぶりに心から笑うことができた。

4

二週間後、トレードの記者会見が球団事務所で行われた。

一斗が新潟スターズから去ることになったのだ。球界を代表するスター選手だけに憶測を呼んだが、表向きはあくまでも不足している投手陣の補強ということになっている。

由菜への猥褻行為と拓己への暴力行為は公《おおやけ》にならなかった。もし球団が公表していれば、一斗は現役生活に終止符を打つことになっていただろう。隠蔽《いんぺい》と言われればそれまでだが、これは川端と荒巻、それに球団幹部が話し合って決めたことだ。

一斗は最低な男だったが、チームに貢献していたのも事実だ。実力はあるのだから、このまま消えてしまうのはもったいない。せめてほかのチームで出直せるようにという親心だった。

会見での一斗の様子も、さまざまな憶測を呼ぶ要因になっていた。

片脚をひきずるようにして歩いていたのだ。そのことを記者に指摘されて、一斗はふくらはぎの肉離れだと答えた。しかし、実際は拓己が思いきり噛みついた怪我が治っていないだけだった。

鼻に赤黒い痣《あざ》ができていたのも、ずいぶん話題になっていた。それも拓己が殴った痕《あと》だが、一斗は転んでぶつけたと言ってごまかしていた。

とにかく、素行の悪かった問題児が去ったことで、新潟スターズは生まれ変わるはずだ。チームの雰囲気が変われば、さらに上を目指せるに違いない。後半戦はますます目が離せなくなるだろう。

拓己の怪我はたいしたことがなく、普通に仕事をしている。

相変わらず忙しい毎日だが、由菜と言葉を交わすようになって、身も心もやる気に満ちていた。

由菜はまじめに練習する姿が認められて、ねこねこダンスのメンバーに復帰している。彩花の厳しい指導のもと、ダンスの腕前はさらに向上していた。

今日は拓己の仕事が休みで、由菜も久しぶりの完全オフだ。

先日のお礼をしたいということで、由菜のアパートに招かれた。手料理をご馳走してもらえることになっている。腕時計を確認すると、もうすぐ約束の午後六時になるところだ。

拓己はドアの前に立ち、小さく息を吐き出して呼吸を整えた。

閑静な住宅街にある白壁の比較的新しいアパートだ。外階段をあがり、廊下をいちばん奥まで行ったところに由菜の部屋はある。表札には「月島」と名字だけが書いてあった。

女性の部屋を訪れるのは、人生ではじめてなので緊張する。しかも、由菜の部屋となればなおさらだ。

服装は迷ったすえに、チノパンと清潔感のある白のポロシャツにした。なにを作ってくれるのかわからなかったので、手土産《てみやげ》はとりあえず口当たりのいい赤ワインを選んだ。

(よし……)

気合を入れてインターホンに指を伸ばす。ボタンを押すとピンポーンという電子音が鳴った。

「はい、すぐに開けますね」

由菜の弾《はず》むような声が聞こえた。

インターホンはカメラがついているタイプだ。拓己の顔を見て、喜んでいるのが伝わってきた。

「お待ちしていました」

ドアが開き、由菜が笑顔で迎えてくれる。

白いノースリーブのワンピースを着ており、黒髪が艶々《つやつや》と光っている。甘いシャンプーの香りが流れてきて、鼻先をふわっとかすめた。

「こ、こんばんは」

拓己は頬をこわばらせて、ぎこちなく挨拶する。

リラックスしなければと思うが、意識しすぎるあまり他人行儀になってしまう。すると、由菜が目を細めて楽しげに笑った。

「なんだか、緊張しますね」

「う、うん……毎日、会ってるのにヘンだよね」

拓己も自然と笑顔になる。

ようやく頬の筋肉が緩んできた。言葉を交わしたことで緊張がほぐれて、気持ちが楽になった。

「これ、ワインなんだけど」

手土産のワインを差し出すと、由菜は両手で丁寧に受け取ってくれる。

「わあ、ありがとうございます。お料理に合うと思います」

笑顔がはじけて、拓己も幸せな気持ちになった。

ねこねこダンスのメンバーに復帰したことで、由菜の表情はすっかり明るくなっている。やはり踊ることが好きなのだろう。だからこそ、日々の厳しい練習にも耐えられるのだ。

華やかな舞台の裏で、由菜は涙を流しながら懸命にがんばってきた。その成果がようやく実り、拓己もうれしくてたまらなかった。

「どうぞ、あがってください」

「お邪魔します」

スニーカーを脱いで部屋にあがる。

八畳ほどのワンルームタイプで、コンパクトだからか整理整頓が行き届いていた。床はフローリングで奥の窓際に白いベッドがある。壁際には本棚とカラーボックスが並んでいて、中央には白いローテーブルが置いてあった。

本棚にあるのは教科書や参考書ばかりだ。それを見て、由菜が女子大生だったのを思い出した。大学に通ってしっかり勉強しながら、スターズガールの一員としてダンスに情熱を傾けているのだ。

(がんばってるんだな……)

あらためて由菜のすごさを実感する。

自分も負けないように努力しなければならない。由菜に釣り合う立派な男になりたかった。

「座ってください。もう準備はできていますから」

由菜はそう言って、料理の仕上げをする。拓己は邪魔をしないように、ローテーブルの前に腰をおろした。

ほどなくして料理の皿が並べられていく。オニオンスープ、温野菜のサラダ、ローストビーフにマッシュポテト。そのどれもがレストランで出てきてもおかしくない出来映えだ。

「これ、由菜ちゃんが作ったの？」

思わず驚きの声をあげると、由菜はくすぐったそうに肩をすくめた。

「おいしいかどうか、わかりませんけど……」

謙虚な言葉に好感が持てる。

由菜は決して出しゃばらない控えめな性格だ。もしかしたら、チアリーダーに向いていないかもしれない。それでも由菜は好きなダンスを踊るために努力を惜しまなかった。

「由菜ちゃんが作ってくれたんだから、おいしいに決まってるよ」

拓己がワインのコルクを抜いて、ふたつのグラスに注いだ。

「じゃあ、乾杯しようか」

「はい、乾杯」

ワインをひと口飲むと、ふたりは自然と笑顔になった。

「おいしいです」

「よかった。じつは、よくわからなくてお店の人に選んでもらったんだ」

正直に告げれば、由菜は楽しげに笑ってくれた。

料理はじつに美味だった。なにより塩加減が絶妙で、一流の料理人が作ったかと思うほどだ。これらがすべて由菜の手料理とは驚きだ。きっと舌がいいのだろう。味がわかるからこそ、うまい物が作れるのではないか。

「ダンスだけじゃなくて料理も得意なんだね」

拓己は感心してつぶやいた。ダンスは努力の過程を見てきたが、料理はいつから得意だったのだろうか。

「料理は、ただの趣味ですから……」

由菜は頬をぽっと赤らめた。

基礎は母親に習ったそうだが、あとは雑誌やインターネットで勉強しただけだという。それでこれだけの料理が作れるのだから、やはり味覚が鋭いのだろう。

「母の料理がおいしかったんです」

由菜の言葉で納得する。

味覚は幼いころに決まるらしい。おいしい物を食べて育ったから、これほどうまい料理が作れるのだ。

「ご馳走さまでした。おいしかった」

満足してつぶやくと、由菜は恥ずかしげに笑った。

頬が赤く染まっているのは、ワインのせいもあるだろう。料理がおいしかったので、あっという間に一本飲んでしまった。

「沢野さん……」

由菜があらたまった様子で話しかけてくる。

「この間は本当にありがとうございました」

「い、いや、おおげさだよ」

頭を深々とさげられて、拓己は困惑してしまう。

感謝してもらえるのはうれしいが、自分ひとりではどうにもならなかった。あとさき考えずに殴りかかり、返り討ちにされただけだった。

「俺も、助けられた立場だから……」

思い返すと恥ずかしくなる。結局、拓己はひとりで騒いでいるだけだった。

「本当はカッコよく助けたかったんだけど、うまくいかないもんだね」

一斗を一発で殴り飛ばすイメージはできていた。そして、颯爽《さっそう》と由菜を助けるつもりだった。しかし、実際はまったく敵《かな》わず、情けない姿を見せてしまった。

「カッコよかったです」

由菜がぽつりとつぶやいた。

「い、いや、もういいよ。俺なんて――」

拓己が自虐的につぶやくと、由菜は即座に首を左右に振った。

「本当です。あのとき沢野さんが来てくれて、すごくうれしかったです」

言葉に熱がこもっている。本気で言っているのが伝わり、拓己は思わず彼女の瞳を見つめた。

「わたし……うまく言えないけど、すごく感激しました」

しゃべっているうちに感情が昂ったのか、瞳がウルウルと潤んでいる。由菜は指先で涙を拭うと、恥ずかしげに微笑んだ。

「由菜ちゃん……」

拓己も感激していた。

熱いものが胸にこみあげている。由菜を想う気持ちがふくれあがり、もう抑えられなくなっていた。

「俺、由菜ちゃんのことが好きだ」

言った直後、顔が燃えあがるような感覚に襲われる。耳まで赤くなっているのは間違いない。それでも構わず話しつづける。

「由菜ちゃんのがんばっている姿を見てきて、この人しかないと思ったんだ」

「さ、沢野さん……」

由菜の瞳がどんどん潤んでいく。

それを見て、拓己も思わず涙腺《るいせん》が緩みそうになる。なんとかこらえながら、彼女の手をそっと握った。

「つき合ってください」

最後はストレートな言葉で想いを伝える。

これほど誰かを愛しいと感じたことはない。これからの人生をともに歩んでいくのは、由菜しか考えられなかった。

「うれしい……」

噛みしめるように由菜がつぶやく。拓也の顔をまっすぐ見つめる瞳に、新たな涙が光っていた。

「わたしも、沢野さんが好きです」

「由菜ちゃん……」

「どうか、よろしくお願いします」

由菜が手を握り返してくれる。

ふたりは見つめ合って、同時に照れ笑いを浮かべた。今夜はずっといっしょにいたい。おそらく同じことを考えている。握っている手のひらから、相手の気持ちが伝わっていた。

5

「お願いがあるんだ」

拓己は逡巡したすえに口を開いた。

「わたしにできることなら、なんでも……」

由菜はやさしげな笑みを浮かべている。

今ならどんな願いでも受け入れてくれるのではないか。そんな気がして、拓己は思いきって切り出した。

「ねこねこダンスを踊ってくれないかな」

「ここで、ですか？」

さすがに驚いたらしい。由菜は目をまるくて聞き返した。

「うん。俺だけのために踊ってほしいんだ。今だけ、由菜ちゃんのダンスを独り占めしたいんだよ」

熱心に語りかける。由菜が踊る姿はかわいらしい。それは球場を訪れるファンがみんな知っていることだ。

でも、一度でいいから自分のためだけに踊ってほしい。愛する彼女を独占したいと思うのは贅沢だろうか。由菜の人気が出るのはうれしいことだが、自分から離れていく気がして不安も感じていた。

「俺がいちばんのファンなんだ。踊っている由菜ちゃんが大好きなんだよ」

「わかりました。今夜は沢野さんのためだけに踊ります」

由菜がにっこり笑ってくれる。

どうやら、熱い気持ちが伝わったらしい。拓己の気持ちを受け入れて、踊ることを了承してくれた。

「着替えたほうがいいですよね」

由菜はそう言うと、バッグを持ってバスルームに向かう。

コスチュームに着替えてくれるらしい。それを聞いて、ますますテンションがアップした。

拓己は待っている間、ローテーブルを端に寄せる。そうやって部屋の中央に踊れるスペースを作った。

しばらくするとバスルームのドアが開いた。

由菜が恥ずかしげに姿を見せる。身につけているのはピンクと白のスターズガールのコスチュームだ。ショート丈のタンクトップにミススカートで、愛らしいヘソがのぞいている。黒髪をポニーテールにまとめており、頭には猫耳のカチューシャもつけていた。

「おおっ……」

拓己は思わず目を見開いて唸った。

球場で見るのとまったく同じ姿になっている。今、大人気のスターズガールが目の前にいるのだ。

いつも撮影しているが、部屋で見るとまったく雰囲気が違う。仕事モードではないので、胸が自然と高鳴っていく。由菜もしきりに照れており、そのせいか妙に生々しい感じがした。

「沢野さんのために踊ります」

由菜は頬をピンクに染めながら言うと、スマホを操作して音楽を流す。聞こえてきたのは、ねこねこダンスの音楽だ。

床に座っている拓己の目の前で、由菜が音楽に合わせて踊りはじめる。握った両手で猫のポーズを取り、腰を右に左にくねらせる姿が愛らしい。軽やかにステップを踏んで、拓己のためだけに笑顔を振りまいている。

「ニャン、ニャンっ」

そのかけ声も今夜だけは独り占めだ。

ミニスカートの裾が舞いあがり、白い太腿がつけ根近くまで露になる。健康的な色気がたまらない。拓己は感激しながら思わず前のめりになっていた。

「あれ？」

つい小さな声を漏らしてしまう。

再びミニスカートに裾が舞いあがったとき、なかにスパッツを穿いていないことに気がついた。白いパンティが見えてドキッとする。いつもの黒いスパッツでも視線が吸い寄せられるのに、本物の下着は刺激的だ。いけないと思いつつ、彼女の下半身を凝視してしまう。

「そんなに見られたら……」

由菜はダンスを最後まで踊りきると、内股になって抗議するようにつぶやいた。顔をまっ赤にして、拓己を甘くにらみつける。しかし、本気で怒っているわけではなく照れているだけだ。その証拠に、口もとには微かな笑みが浮かんでいた。

「このほうが、喜んでもらえると思って……」

意外なことに、わざとスパッツを穿かなかったらしい。たったひとりの観客である拓己に合わせてくれたのだろう。

「どうでしたか？」

「す、すごくよかったよ」

拓己は立ちあがると、コスチューム姿の由菜を抱きしめる。気持ちが昂り、これ以上じっとしていられなかった。

「あっ……」

由菜は小さな声を漏らすだけで抵抗しない。それどころか、遠慮がちに手を伸ばすと、拓己の背中にまわしてくれた。

至近距離で見つめ合う。互いの鼻先が触れて、熱い息がかかる。視線から想いが伝わり、気持ちが盛りあがっていく。

「由菜ちゃん、好きだよ」

「わたしも……拓己さんが好きです」

由菜がはじめて名前で呼んでくれる。

それがうれしくて、ますます気持ちが高揚した。吸い寄せられるようにして唇を重ねれば、由菜は睫毛を伏せて応じてくれる。

「ンンっ……」

微かに漏れる吐息が色っぽい。

舌を伸ばして、唇の隙間に忍びこませる。そして、震えている由菜の舌をからめとり、できるだけやさしく吸いあげた。

「はンンっ」

由菜がまたしても吐息を漏らす。

拓己はたまらなくなり、スターズガールのコスチュームの上から女体を撫でまわしにかかる。背中を撫でおろして、剝き出しの腰をくすぐり、ミニスカートに包まれたヒップをつかんだ。

「あンっ」

尻たぶに指をめりこませると、女体がピクッと反応した。

キスをしながら、両手で尻肉をこってり揉みあげる。すると、由菜は拓己の舌を遠慮がちに吸いはじめた。

（ああっ、由菜ちゃん……）

感激しながら拓己も舌を吸い返す。甘い唾液を味わい、蕩けそうな舌の感触を楽しんだ。

こうしている間にペニスがどんどん硬くなっていく。すでにチノパンの前は大きくふくらみ、ミニスカートに包まれた彼女の下腹部を圧迫していた。そのことに気づいて、由菜が恥ずかしげに腰をよじらせる。

「あ、当たっています……」

「由菜ちゃんのことが大好きだからだよ」

拓己がささやけば、由菜は顔をまっ赤にして視線をそらした。

前回は途中で終わってしまったが、今夜こそひとつになりたい。その思いは由菜も同じはずだ。そう信じてベッドにそっと押し倒す。やはりまったく抵抗しない。すべてをゆだねるといった感じで、睫毛を静かに伏せていた。

拓己は隣に横たわると、タンクトップの胸のふくらみに手を重ねる。やさしく揉みあげれば、由菜は微かに身を固くした。

(緊張してるんだな……)

初々《ういうい》しい反応を目にして、ヴァージンだということを再認識する。

それなら、なおさらやさしく接しなければならない。今日は由菜にとって記念すべき日になる。最高の思い出を作ってあげたかった。

タンクトップを押しあげると、白いブラジャーが現れる。縁にレースがあしらわれたかわいいデザインだ。もしかしたら、拓己が見ると思って、わざわざこれを選んだのかもしれない。そう思うと、なおさら愛おしさがこみあげた。

背中とシーツの間に手を滑りこませて、ブラジャーのホックをはずす。カップをずらせば、瑞々しい双つの乳房が露になった。先端の乳首はミルキーピンクで、フルフルと小刻みに揺れていた。

「あ、あんまり見ないでください」

由菜がかすれた声で懇願する。

そう言われても見ないわけにはいかない。張りのある美乳を前にして、目をそらすことなどできるはずがなかった。

双つのふくらみをそっと揉みあげる。表面は蕩けそうなほど柔らかい。それでいながら、指を押し返す確かな弾力も感じる。ゆったり揉みあげて、その不思議な感触を堪能した。

「ンっ……ンっ……」

由菜は睫毛を静かに伏せて、乳房を揉まれるままになっている。呼吸は多少乱れているが、大きな反応は見られなかった。

(じゃあ、そろそろ……)

次の段階に進んでもいい気がする。

双つの乳房をじっくりほぐしてから、指先を少しずつ先端に向かって滑らせる。そして、曲線の頂点で揺れている乳首をやさしく摘まみあげた。

「はンンっ」

女体が小さく跳ねあがる。

軽く摘まんでいるだけだが、乳首は敏感に反応して硬くなった。ぷっくりふくらんだところをさらにクニクニ転がせば、乳輪までふっくら盛りあがる。

「そ、そこ……ああンっ」

由菜の眉がせつなげにたわんでいる。乳首が感じるらしく、身体がときおりピクッと反応した。

（俺の愛撫で、由菜ちゃんが……）

そう思うと興奮がふくれあがり、ついつい指に力が入ってしまう。硬くなった乳首をキュッと摘まんで、女体が大きく仰け反った。

「はううッ」

大きな声をあげて、由菜が抗議するような瞳を向ける。拓己は慌てて乳首から指を離した。

「ご、ごめん、痛かったよね」

「い、いえ、痛くはありません……ただ……」

由菜はなにかを言いかけて黙りこんだ。

もしかしたら、痛かったのではなく感じすぎたのかもしれない。女体の反応を見ていると、そんな気がしてならなかった。

（上はこれくらいにして……）

拓己は由菜の唇にキスをすると下半身に移動する。

せっかく着替えてくれたのだからコスチュームを脱がす気はない。ミニスカートをまくりあげて、白いパンティに指をかける。ゆっくり引きさげていくと、白い恥丘とうっすらとした陰毛が見えてきた。

由菜は顔を横に向けて目を閉じている。内腿をぴったり合わせているのが清楚な感じで、よけいに牡の欲望を刺激した。

（あ、焦るな、ゆっくりだぞ……）

自分に言い聞かせて心を落ち着かせる。

パンティをつま先から抜き取り、下肢をM字形に押し開く。淡いピンクの陰唇が露になって思わず凝視した。

「は、恥ずかしいです……」

由菜が小声でつぶやき、腰をくねらせる。

しかし、拓己は膝をしっかり押さえて前屈みになった。白い内腿についばむようなキスをしながら、剝き出しの割れ目に近づいていく。そして、形崩れのない陰唇にやさしく口づけをした。

「ああっ……」

とたんに女体がブルルッと震える。

軽く触れただけだが、由菜の反応は思った以上に大きい。前回は指で触れたが、口では愛撫していない。はじめての刺激にとまどっているようだが、割れ目からは透明な汁が湧き出していた。

(由菜ちゃんがこんなに……)

すかさず舌を伸ばして、割れ目をそっと舐めあげる。

ヴァージンなので強い刺激は禁物だ。触れるか触れないかのやさしいタッチで、舌先を女陰の合わせ目に這わせた。

「そ、そんなところ……ンンっ」

由菜は抗議の声を漏らしながらヒクヒクと反応する。拓己の舌が動くたび、白い内腿が小刻みに痙攣した。

「大丈夫、俺にまかせて」

あまり自信はないが、少なくとも由菜よりは経験を積んでいる。なにより、由菜を大切に思う気持ちは誰にも負けない。情熱を持って愛撫すれば、きっと伝わると信じていた。

慎重に舌を動かして、女陰の境目をじっくり舐めあげる。それを何度もくり返すうちに、大量の華蜜でヌルヌルになっていく。そして、気づくと二枚の陰唇が柔らかくなっていた。

「ああンっ、な、なんかヘンな感じです……」

いつしか由菜の声が甘いものに変化している。腰が微かに揺れており、陰唇も微かに蠢いていた。

（この調子でいけば……）

もっと感じさせることができそうだ。拓己はより慎重になり、舌先を陰唇の狭間に沈みこませた。

「はああンっ」

内側の粘膜を舐められたことで、女体がピクッと反応する。その直後、まるで決壊したように華蜜が大量に溢れ出した。

（す、すごい……）

拓己は思わず唇を密着させて、溢れる汁をすすりあげる。

甘酸っぱい香りが鼻に抜けると同時に、ボクサーブリーフのなかでペニスがビクンッと跳ねた。

早くひとつになりたいが、焦ってはいけない。なにしろ由菜はヴァージンだ。まずはしっかり感じさせることが重要だ。舌先を浅く割れ目に埋めこんで、内側の柔らかい粘膜を舐めあげる。

「あっ……あっ……」

由菜の唇から切れぎれの喘ぎ声が溢れ出す。

愛蜜は滾々《こんこん》と湧き出ており、女陰もトロトロになっている。由菜が感じているのは間違いないが、いつ挿入すればいいのかわからない。さらに舐めつづけると、女体が小刻みに震え出した。

「あぁッ、ま、待って……待ってください」

由菜が慌てたようにつぶやき、両手で拓己の頭をつかむ。股間から引き剝がそうとしているが、まったく力が入っていない。その間も拓己は舌を動かして、割れ目を執拗に舐めあげた。

「はああッ、ダ、ダメですっ、あああッ、あああああッ！」

ひときわ喘ぎ声が大きくなる。その直後、女体がブリッジするように仰け反り、激しく震えた。

（ま、まさか……）

拓己の愛撫で昇りつめたのかもしれない。

華蜜がどっと溢れて、硬直した女体から力が抜ける。由菜は四肢をシーツに投げ出すと、ハアハアという呼吸をくり返した。

（これって、やっぱり……）

アクメに達したあとの女体の反応に間違いない。愛蜜を垂れ流して、全身が小刻みに震えていた。

「お、俺、もう……」

こんな姿を見せられたら我慢できない。

拓己は服を脱ぎ捨てて裸になると、勃起したペニスを剝き出しにする。そして、仰向けになっている由菜に覆いかぶさった。

「た、拓己さん……」

亀頭の先端を女陰に押し当てると、由菜が小声でつぶやいた。

見あげる瞳はトロンとしている。絶頂の余韻のなかを漂っているのか、呼吸は乱れたままだった。

「いくよ」

「は、はい、来てください」

由菜はこっくり頷いてくれる。

ふたりの想いはひとつだ。身体もひとつになりたい。今すぐ身も心もひとつにつながり、愛する人とすべてを共有したかった。

亀頭を慎重に押し進めて、陰唇の狭間に沈みこませる。華蜜と我慢汁がまざり、クチュッという湿った音が響きわたる。さらにペニスを前進させれば、すぐに弾力のある壁にぶつかった。

「あうう……」

由菜の唇から小さな声が漏れる。

ペニスを挿入しようとするが、それ以上は進まない。由菜が眉根を寄せて、下唇を小さく嚙んだ。

（もしかして、これが……）

拓己の全身に緊張がひろがる。

亀頭が触れているのは処女膜に違いない。これ以上の侵入を阻《はば》むように立ちふさがっていた。

ふたりの視線が交錯する。

今さら確認するまでもない。ふたりの想いは同じだ。拓己は腰をゆっくり押し進めて、亀頭で処女膜を強く圧迫した。

「ンンンッ……」

由菜が苦しげな声を漏らす。

だが、処女膜は破れない。拓己は体重を乗せるようにして、亀頭をさらにグッと押しこんだ。その直後、ブチッという感触とともに、ペニスが一気になかほどまで前進した。

「はううッ！」

由菜が大きな声をあげて、身体を仰け反らせる。ついに処女膜が破れて、ふたりはひとつにつながったのだ。

「は、入った……入ったよ」

拓己が興奮ぎみに告げると、由菜は涙を滲ませながら頷いた。

「う、うれしい……拓己さんとひとつになれたんですね」

まだ痛みがあるはずだが、微笑んでくれる。そんな由菜が健気でならず、拓己は思わず強く抱きしめた。

「ありがとう。由菜ちゃん、ありがとう」

胸に熱い想いがこみあげる。愛する人とのセックスが、これほど感動するものとは知らなかった。

(もう、絶対に離さない……)

あらためて心に誓う。

愛する人を一生守っていく。どんなことがあっても幸せにする。この感動を絶対に忘れたくなかった。

「う、動いてください……」

由菜がかすれた声でつぶやいた。

まだ痛みがあるのではないか。しかし、由菜が拓己が気持ちよくなることを望んでいた。

「由菜ちゃん……」

拓己は慎重にスローペースで腰を振りはじめる。

途中でやめるのは簡単だ。だが、由菜は最後までしたいと思っている。拓己に我慢させたくないのだろう。その気持ちがわかるから、痛みを与えないように腰をゆっくり動かした。

「ンっ……ンぁっ」

由菜の唇から微かな声が溢れ出す。

彼女が感じているのは、痛みだけではないようだ。はじめてのセックスだが、甘い響きも見え隠れしていた。

「な、なんか……はンンっ」

もしかしたら、じっくり愛撫したのがよかったのかもしれない。女壺はヒクヒク反応して、ペニスをやさしく締めつけていた。

「ううっ……き、気持ちいいよ」

「わ、わたしも……はああンっ」

由菜の唇から甘い声が溢れている。

拓己は慎重に腰を振りつづけて、女壺のなかをかきまわす。ペニスを出し入れするほどに、女体がほぐれていくのがわかった。

「す、好きです……あああッ」

「ううッ、す、好きだよ」

耳もとでささやき合えば、ふたりの感度はあがっていく。きつく抱き合って体温を感じることで、一体感が深まった
「おおおおッ、も、もうっ」

「あああッ、拓己さんっ」

愛する人とのセックスは身も心も蕩けるほど気持ちいい。耐えることなどできるはずもなく、瞬く間に最後の瞬間が訪れた。

「くおおおッ、で、出る、出るよ、おおおおおおおおおッ！」

「はああッ、いっぱい出してくださいっ、あああああああああッ！」

拓己が精液を注ぎこめば、由菜も感極まったような声をあげる。ふたりはしっかり抱き合うと、どちらからともなくキスをした。

これから何度も身体を重ねるだろう。そのたびに愛情と快楽は深まっていくに違いない。ふたりはようやく一歩を踏み出した。輝かしい未来を想像しながら、舌を深く深くからませた。


（了）

長編小説
とろみつチアガール
葉月奏太《はづきそうた》
2022年10月10日　初版第一刷発行

ブックデザイン…………………… 橋元浩明(sowhat.Inc.)

発行人…………………………………………後藤明信
発行所………………………………………株式会社竹書房
〒102-0075　東京都千代田区三番町8－1
三番町東急ビル6F
email：info@takeshobo.co.jp
http://www.takeshobo.co.jp
印刷・製本………………………中央精版印刷株式会社

■定価はカバーに表示してあります。
■本書掲載の写真、イラスト、記事の無断転載を禁じます。
■落丁・乱丁があった場合は、furyo@takeshobo.co.jp までメール
にてお問い合わせ下さい。
■本書は品質保持のため、予告なく変更や訂正を加える場合があり
ます。